La construction de soi

Alexandre Jollien

La construction
de soi

Un usage de la philosophie

Éditions du Seuil

ISBN 978-2-7578-2627-0
(ISBN 978-2-02-062888-4, 1re publication)

À Corine, Victorine et Augustin.

Si ce livre entend témoigner ma reconnaissance à l'égard des esprits qui l'ont construit, il puise avant tout sa source dans de fructueuses amitiés qui me donnent la force, l'audace de progresser jour après jour.

J'ai à cœur d'exprimer ma plus vive gratitude à Lucienne Crottaz, les mains de l'auteur, car sans elle, qui peu à peu est devenue une complice et une amie, *La Construction de soi* ne serait pas; à ma mère et à mon frère. Merci à André Gillioz, Jean-Claude Guillebaud, Dominique Rogeaux, Marie-France et Hector Smith, Étienne Parrat, Jean-Marc Flükiger, Laurent Crampon, Pierre Carruzzo, Mimi Mariéthoz, Marie-Thérèse Michellod, Yvette Tomassacci, Bernard Campan, Daniel Morin, Jean Frey, Raphaël Enthoven, Dominic O'Méara, André Comte-Sponville, Antoine Maillard, Maurice Robadey, Roseline Chalot.

Un merci singulier à la Bibliothèque sonore romande, sans laquelle je ne pourrais lire les philosophes qui me fondent. Merci aussi à la commune de La Tour-de-Peilz et au *Nouvelliste* pour leur soutien.

Mes cordiaux remerciements vont enfin à tous ces êtres que la vie me donne de rencontrer. Ces pages leur sont dédiées.

*

Mon site Internet : www.alexandre-jollien.ch

Un usage de la philosophie

L'essai qui suit entend dépeindre un état d'esprit, glaner quelques outils spirituels pour s'avancer dans la joie. Je me plais à y convoquer les philosophes qui, en élargissant mon rapport au monde, jalonnent déjà ma vie. La philosophie antique proposait tout un attirail d'exercices pour se former, revenir à soi, se rejoindre. Cette conception de la philosophie comme thérapeutique de l'âme, heureusement ambitieuse, me séduit. Loin des gloses et du jargon, elle esquisse un art de vivre et nous aide à tenir debout.

La fréquentation des penseurs qui me nourrissent a fait naître *La Construction de soi*, une sorte de *manuel d'après-guerre* qui essaie de délivrer l'esprit de ses entraves. L'auteur de ces lignes, plus accoutumé à l'adversité, peine à s'ouvrir à la douceur de vivre, à goûter la gratuité de l'existence. Souvent, le poids du passé, la culpabilité, la peur et les esclavages quotidiens l'empêchent de cheminer librement. C'est cette impuissance qui m'incline à m'interroger et à faire le point sur ce que la philosophie m'apporte, ce qu'elle représente à mes yeux.

L'après-guerre

Une vie peut très bien ne se justifier que par le combat. J'ai consacré la mienne à livrer bataille contre les séquelles d'une infirmité qui a fini par occuper le centre de mon existence. Aujourd'hui, celles-ci me laissent quelque répit, mais, à ma grande surprise, la lutte me manque. Plus largement, mon désarroi révèle un danger inattendu : se bâtir contre l'adversité, se lancer constamment des défis pour échapper au présent, n'est-ce pas différer les occasions de joie ? Il me plaît de rejoindre les philosophes pour quitter cette logique de guerre qui toujours prépare au bonheur sans qu'il soit cependant jamais vécu, qui forge des idéaux pour fuir le réel mais s'enferme dans les regrets. J'entends la voix de Montaigne me rappeler que « chacun court ailleurs et à l'avenir, d'autant que nul n'est arrivé à soi[1] ».

Contre la réduction

Ce livre se veut aussi une tentative de tourner une page, de quitter le témoignage dans lequel je me suis emmuré. Je l'avoue d'emblée, j'en ai marre de ressasser mon histoire, qui débute avec un satané cordon ombilical et se poursuit par dix-sept ans d'internat dans un centre spécialisé… Si le handicap fut la porte ouverte à une réflexion, je souhaite désormais, sans le nier, la franchir, aller plus loin. Une chose est de refuser sa singularité, une autre est de s'y complaire, s'y claquemurer. Je tenterai à partir de la tradition philosophique de dessiner un *art de la joie*.

---

1. Michel de Montaigne, *Les Essais*, Arléa, 2002, livre III, chap. 12.

Le chemin des dames

À mes yeux, la lecture des philosophes s'apparente à une conversion de soi. J'ouvre un livre et une voix me parle, me délivre son enseignement. Je souhaite pour ma part vivre avec le lecteur cet échange intime. D'où ces lettres qui consignent l'itinéraire suivi en compagnie de mes guides. Pour permettre une libre circulation dans ce dialogue intérieur, j'ai ajouté des sous-titres.

Si jadis, dans sa prison, Boèce a imaginé recevoir la visite de Dame Philosophie, j'ai eu à cœur de donner corps à celle à qui je dois tant.

Ce livre lui est adressé. Avec elle, je me suis confronté à ces philosophes qui m'ont tour à tour enchanté, dérouté et nourri. Chemin faisant, je me suis avisé que, malgré moi, la vie m'avait donné d'importunes maîtresses. Aussi ai-je fini par écrire à Dame Frayeur et à la Mort. Je ne pouvais pas les écarter de cette *Construction de soi*.

Je livre ici l'ébauche de cette correspondance.

À Dame Philosophie

Salut à toi !

Te souviens-tu de notre joyeuse complicité ? Je lui dois tant. Et les heures que nous avons partagées comptent parmi les plus belles de mon existence. Je me levais avec toi, et jusqu'au cœur de la nuit tu demeurais à mes côtés. Ensemble, nous avons parcouru les siècles et exploré mille contrées. Te rappelles-tu mon enthousiasme lorsque tu m'as parlé pour la première fois d'Héraclite et de son *panta rhei* : «Tout coule», «Un homme ne se baigne jamais deux fois dans le même fleuve»… ? Passionné, je t'ai suivie dans cet univers peuplé d'Anaximandre, Zénon, Socrate, Platon, Aristote, saint Augustin, Abélard, Montaigne, Pascal, Leibniz, Hume, Kant, Nietzsche et de cent autres esprits que pour mon bonheur tu convoquais.

Grâce à Épicure, tu m'as incité à savourer la vie avec une *sobre* gourmandise. Avec Épictète, tu m'as appris à remettre chaque jour en question ce qui dépendait réellement de moi. Et j'ai pu en sa compagnie m'orienter vers le progrès. Puis, tandis que les railleries me blessaient, tu m'as présenté Diogène le Cynique. Je nous revois aussi parcourant *Le Gai Savoir* pour y trouver un appel à maintenir le cap dans la souffrance. Justement, quand les épreuves se sont atténuées, j'ai commencé à te tourner le dos et nous nous sommes éloignés. Le monde que tu as ouvert m'a grisé, et j'ai fini par lâcher la main de mon guide. Aujourd'hui, je ne suis plus dans la solitude où tu m'as rencontré. Je peux même dire que tout va bien. Mais, ne ris pas, c'est la raison qui me porte à renouer nos liens. Je souhaite faire le point avant de poursuivre avec toi le chemin.

Après avoir beaucoup hésité, j'ai osé cette correspondance qui m'aidera, je l'espère, à mieux mesurer la place que tu tiens dans ma vie. J'ai à cœur de te proposer le fruit de ma démarche. Ne t'attache pas aux détails ! Oublie les lacunes et les excès ! Et considère avec indulgence mes nombreux emprunts. Tu le sais, je voue trop de respect aux tiens pour voler leurs dires, et lorsque je lis des propos bien ciselés, jamais je ne boude le plaisir de citer mes découvertes. Enfin, d'emblée, je t'avertis : tu ne trouveras pas ici une tentative d'opposer les philosophes, ni de les contredire. Toute volonté critique m'est étrangère. Simplement, j'ai essayé de faire un usage, positif, des outils spirituels que tes disciples apportent en laissant de côté les conflits d'écoles. Je pense que les lettres qui suivent te montreront que, malgré mon silence, j'ai toujours cherché à te demeurer fidèle.

Exercice de gratitude

C'est à Marc Aurèle que j'emprunte cette idée : l'empereur commence ses *entretiens avec lui-même* en consignant ce qu'il doit aux autres. De sa mère, écrit-il, il a préservé la piété, la propension à donner libéralement. Diognète, qui l'initia à la peinture, l'a encouragé à ne pas se perdre dans les futilités. Grâce à Apollonius, il cultive l'indépendance à l'endroit des choses qu'accorde puis

16

reprend la Fortune[1]… Cette façon de revisiter les événements, les souvenirs, les visages qui dessinent les étapes de notre histoire me réjouit.

À tes côtés, j'ai essayé d'aborder chaque rencontre comme une occasion de devenir plus libre. Tu m'avais rapporté que, dès l'aurore, Marc Aurèle gardait à l'esprit, pour rester en paix, qu'il pouvait croiser à tout moment un indiscret, un ingrat, un fourbe, un violent, un égoïste[2]. Il s'agissait de *se préparer au pire* pour glisser, sans attente, dans la journée. Pour ma part, j'aimerais me risquer à considérer chaque individu que je côtoie comme un *maître en humanité*. Car l'autre, en incarnant dans sa vie une manière particulière d'être pleinement humain, peut me prêter des repères pour édifier ma personne. Mais, tu me l'accorderas, très chère amie: ce n'est pas nécessairement les grands de ce petit monde qui instruisent le mieux. Même un fâcheux peut livrer sa leçon !

La lecture et la méditation des Anciens m'ont également ment construit. J'ouvre un livre et voilà qu'un auteur me parle, me délivre aussitôt son enseignement. Ces indéfectibles compagnons m'ont prêté main-forte dans les moments délicats. Aujourd'hui, je me suis choisi de nouveaux *complices* pour bâtir dans la joie. «Choisir» ne convient pas vraiment, car, tu le verras, l'existence m'a aussi imposé pour maîtres de curieux personnages que je ne désirais pas. Avec toi, je souhaite prendre le temps de relever les défis qu'ils me lancent.

Tu te demandes ce que j'ai retenu de nos entretiens. Je peux te le dire, le point sera vite fait… D'abord philosopher a été pour moi l'occasion de me repérer dans un monde qui m'échappait tout à fait, de me donner un

---

1. Marc Aurèle, *À soi-même. Pensées*, trad. P. Maréchaux, Rivages, 2003, livre I.
2. *Ibid.*, livre II, 1.

but : assumer la réalité, accomplir joyeusement le *métier d'homme*. J'ai alors cherché avec toi des outils existentiels pour vivre meilleur et accepter ma singularité. Pour éviter de souffrir davantage, tu m'as très tôt appris les méthodes stoïciennes. Par exemple, celle que j'évoquais tout à l'heure : la *préparation au pire*. Paradoxalement, l'exercice ne m'a pas détaché de l'avenir, mais ouvert davantage à lui. Je t'entends encore deviser sur Épictète prévenant celui qui a l'intention de jouir des bains en toute liberté : « Quand tu te prépares à faire quoi que ce soit, représente-toi bien de quoi il s'agit. Si tu sors pour te baigner, rappelle-toi ce qui se passe aux bains publics : on vous éclabousse, on vous bouscule, on vous injurie, on vous vole. C'est plus sûrement que tu feras ce que tu as à faire si tu t'es dit : "Je vais aller aux bains et exercer ma liberté de choisir en accord avec la nature." De même, pour toutes tes autres tâches. Car, ayant fait cela, s'il arrive quelque chose qui t'empêche de te baigner, tu auras la réponse toute prête : "Je ne voulais pas seulement me baigner, mais exercer ma liberté de choisir en accord avec la nature ; si je me mets en colère à cause de ce qui m'arrive, ce ne sera pas le cas"[1]. »

Aujourd'hui encore, j'envisage toujours le pire avant une conférence, me figurant devant une salle vide ou imaginant être mal reçu. Ainsi je savoure *à fond* l'accueil presque *inattendu* qu'on me témoigne, et si, au contraire, l'auditoire est désert, je ne tombe pas des nues. Avec constance, tu m'as incité à ne pas attacher mon bonheur à un événement particulier pour composer avec ce qui advient. Néanmoins, je pressens qu'un équilibre délicat est requis, car la *préméditation du malheur* risque fort de verser dans une sombre rumination.

---

1. Épictète, *Manuel*, V.

Fataliste par ignorance

De même, tu m'as poussé à regarder la réalité en face pour connaître les lois qui gouvernent l'univers et me soustraire au fatalisme de l'ignorance. Te rappelles-tu ? Tu citais Francis Bacon : «On ne commande à la nature qu'en lui obéissant[1].» Systématiquement, tu as excité ma curiosité devant la complexité du réel que l'esprit ne pourra jamais réduire. À tous les coups, tu te référais à Socrate, le plus sage d'entre les hommes, qui avait reconnu les limites de notre science et n'hésitait pas à admettre qu'il savait qu'il ne savait rien[2]. Tu as atteint ton but : sa déroutante simplicité a retenti comme un appel à mettre bas les *a priori* pour tenter de clarifier mes convictions et opposer un doute timide aux étiquettes que je traînais. Ce retour sur terre a suscité tour à tour émerveillement et force.

Chère amie, en décapant les certitudes, tu ruines toute prétention à l'omniscience : lorsque la paresse ou la peur poussent à imiter autrui, à se conformer à son opinion et à taire ainsi ses véritables croyances, tu ouvres au risque de la discussion et «dissous» le dogmatisme, l'intransigeance. Maintenant, je comprends mieux pourquoi, avec insistance, tu traquais mes raccourcis et mes positions simplistes.

Un avis contraire au mien n'est pas nécessairement dangereux ni menaçant. Avec Épicure, tu me rassurais : «Dans la recherche commune des arguments, celui qui est vaincu a gagné davantage, à proportion de ce qu'il vient d'apprendre[3].» La vérité a raison de l'illusion et du

---

1. Francis Bacon, *Novum Organum*, a.f. 3.
2. Platon, *Apologie de Socrate*, 21.
3. Épicure, *Lettres, maximes, sentences*, Le Livre de poche, 1994, «Sentence vaticane», 74.

préjugé qui partout étendent leurs ravages. Mais si elle ne blesse jamais, son approche, en écartant le mensonge, ravive les plaies mal cicatrisées et souligne les erreurs ou les manques. Aussi, l'amour du vrai procède non seulement de la morale, mais également d'un sain rapport à soi. Comme je l'évoquerai, j'ai pu accéder, grâce à Spinoza, aux vertus libératrices de la désillusion.

Souvent, tu m'as acculé à mon ignorance et pour m'apaiser tu me parlais des aspirants philosophes qui, au Moyen Âge, avaient pour habitude de s'engager dans de turbulentes *disputes*. Cependant tu m'as caché qu'à maintes reprises ils en arrivaient aux mains… Cent fois, pour me retenir, tu me racontais comment, afin d'aiguiser leur sagacité, ils se lançaient dans des joutes où ils devaient défendre une thèse en l'argumentant. Leurs condisciples, usant d'habiles astuces, s'appliquaient alors à mettre à l'épreuve les idées adverses. Pour de tels esprits, la *question disputée*, en exigeant de peser le pour et le contre des énoncés, participait de la réappropriation de soi. Car enfin, on peut être le jouet d'une hâte ou d'une illusion qui incitent à penser faux. C'est précisément pour nous en prémunir que tu invites à considérer notre interlocuteur comme un compagnon qui nous déleste de nos erreurs.

Jadis, par la voix des sceptiques, tu proscrivais déjà toute présomption et écartais la précipitation. Le mot latin *praeceps*, «la tête la première», témoigne bien du péril qui menace l'impatient. Semblablement tu as inspiré Wittgenstein, un de tes distingués représentants du siècle passé. Le curieux bonhomme avait coutume de saluer qui le croisait par un *«Take your time»*. Ne trouvait grâce à ses yeux que le philosophe qui prenait son temps et qui, par conséquent, arrivait le dernier. En gentleman, l'auteur du *Tractatus logico-philosophicus* insinuait qu'il était fort judicieux de différer ses réponses.

Un autre usage du temps

Tu ne t'es pas seulement bornée à assener de généreuses théories, quand je traversais réellement des tourments, tu me conseillais de ne pas me presser. Tandis que ma peur cherchait à tout prix à se rassurer, tu m'exhortais à résister à cette pulsion qui exigeait une immédiate et impossible sécurité. Tu voulais m'apprendre à mieux user du doute, à temporiser et atténuer les injonctions des passions trop exigeantes. C'est aussi cela qui m'a séduit en toi : tout en t'attaquant à mon étroitesse d'esprit, tu présentais des *techniques* pour affronter les ennemis du jour.

Au fil des siècles, tu prêtes secours aux mortels et, lorsque j'observe l'imposante liste des hommes que tu as aidés à braver le danger, je ne peux qu'être touché par ton amour de l'humanité. Souvent, j'ai songé à ces esprits libres et vaillants qui ont avec toi tenu tête à la disgrâce. Ils sont assurément, pour l'aspirant philosophe, une roborative émulation. Pour bâtir la citadelle intérieure, il peut être bon de s'attarder avec les Socrate, Sénèque, Boèce, Thomas More...

L'une de tes méthodes consiste précisément à nous rappeler tels *exempla*... Finement, en me dressant le portrait de bien curieux personnages, tu as fini par me communiquer le goût de la sagesse. Aujourd'hui, autant te dire, elle me manque plus que jamais ! Et si, dans la tourmente, j'ai pu quelque peu m'en approcher, à l'heure où mon sort se fait clément, elle me fait toujours défaut. De retour du front, après de réconfortantes victoires, il est impératif, loin des champs de bataille *rassurants*, de progresser encore.

En prison par habitude

J'ai choisi pour initier ce périple de faire route avec Boèce. Je veux, pour m'en libérer, replonger dans le passé. Je sens que, pour me tourner vers l'avenir, je dois me dégager de la prison des habitudes, d'un état d'esprit qui me pousse à vivre le monde sur le mode du combat.

Reçois donc ces lignes !

A. J.

À Boèce

Cher Boèce,

Pour glaner quelques forces, je vous ai suivi dans votre prison. Et ce sont d'abord vos larmes, votre faiblesse qui m'ont ébranlé. Jamais, je ne crois m'être octroyé des instants de révolte. Aussi, votre colère m'a surpris. Puis, fasciné, je vous ai observé tentant d'assumer votre disgrâce. Dans les épreuves, pour ne pas abdiquer, vous imaginez recevoir la visite de la Philosophie incarnée en une majestueuse Dame. Ses armes permettent assurément de nous reconstruire. Elles ne m'aident cependant pas à vivre le changement de *sort* qui me déstabilise aujourd'hui. Je vous le dis tout simplement, je ne parviens pas à profiter de ma chance. Voilà précisément la raison qui me conduit à vous.

En considérant le bonheur perdu, désespéré, vous avez souhaité la mort. Famille, proches, rang, renommée, la Fortune vous a tout ravi. Allez savoir pourquoi, cette capricieuse me prodigue enfin ses largesses. Toutefois, enfermé dans mon passé, je n'arrive pas à les accueillir. Peut-être m'aiderez-vous à tourner la page en chassant mon inquiétude ?

Les doux instants que je traverse m'ouvriraient-ils les yeux ? J'ai bien peur, au contraire, qu'ils ne m'anéantissent.

Sans cesse, l'inconstance de la vie m'incite à chercher quelques certitudes, une réconfortante sécurité où m'installer. Or, je me perds dans cette quête vaine et épuisante. En somme, je viens de m'apercevoir que nous demeurons sous l'épée de Damoclès. À tout moment, elle peut nous briser.

Si vous prétendez que les gens favorisés deviennent vulnérables, je crains que l'habitude des épreuves ne rende pas nécessairement plus fort. Quelques *mésaventures* m'ont, pour tout vous dire, inoculé le sentiment de n'avoir guère de chance. Dès lors, j'ai cru devoir accomplir d'incessants efforts pour conjurer le *mauvais sort*. En écoutant Dame Philosophie disserter sur la Fortune, je commence à mettre en pièces cette présomptueuse extrapolation.

La chance à contre-courant

Les Latins la nommaient *Fortuna* et les Grecs *Tuchê*. C'est elle que, plus que tout, je redoute. Elle comprend tout ce qui ne dépend pas de nous, à savoir notre corps, la richesse, la réputation, le pouvoir… Mais avant moi, vous avez médité les discours de Dame Philosophie : «Tu penses que la Fortune a changé à ton égard : tu te trompes ! Elle a toujours les mêmes pratiques : c'est dans sa nature. Elle est restée à ton égard constante, à vrai dire, dans son inconstance même. Elle était la même quand elle te flattait, quand elle se jouait de toi en te faisant miroiter un faux bonheur. Tu as découvert le double visage de cette puissance aveugle[1].» Votre disgrâce et mon accalmie, en nous rappelant notre fragilité, nous ont

---

1. Boèce, *Consolation de la philosophie*, Rivages, coll. «Rivages poche», 1989, p. 72.

mis en face des règles du jeu : le hasard tourne la roue et les aléas de la vie nous réjouissent et nous accablent tour à tour.

Toutefois, en nous assurant que la Fortune est toujours bonne, Dame Philosophie ne manque pas d'audace. Je sais bien que lorsque le *sort* se montre cruel, il peut nous enseigner, mais j'ose prétendre, pour ma part, que la Fortune peut être véritablement mauvaise pour un individu, même si l'usage qu'il en fait peut le grandir malgré tout.

L'argument de votre guérisseuse me paraît dangereux parce qu'il peut, en faisant le lit d'un certain dolorisme, autoriser d'abjectes dérives. Même si je pense qu'effectivement l'épreuve peut devenir l'occasion d'un progrès, rien ne saurait justifier un mal absolu. Jamais je n'adhérerai à une théorie qui légitimerait la souffrance, qui n'a pas de sens en soi bien que nous puissions lui en donner un. Ici, tout est à construire. D'ailleurs, pourquoi attendre d'aller mal pour en bâtir un ? Mais je retiens surtout que Dame Philosophie recommande de tirer profit d'un présent cruel. C'est pourquoi, pas à pas, il s'agit, sans se blinder, de s'ajuster à la réalité pour inventer une posture.

Il me plaît à cet égard de vous rapporter une sobre allégorie. Un homme détenait pour toute richesse une pierre précieuse. Scrupuleusement, il veillait sur son trésor. Un jour, le malchanceux laissa tomber la pierre sur le sol. La chute en altéra le lissage. Alors, le malheureux, après de vaines tentatives, décida de rencontrer les lapidaires de son village. Tous s'efforcèrent sans succès d'éliminer l'égratignure. Bientôt vint un travailleur étranger à qui l'on tendit le joyau : « Regardez, ma pierre est abîmée à jamais. » L'artisan prit ses instruments, examina l'objet, puis dessina sur l'empreinte des pétales et des feuilles. L'artiste qui tire profit du réel m'a, naturellement, fait songer à votre Aristote bien-aimé qui nous prête un outil que le grec nomme *kairos*. Ce terme désigne l'opportunité, l'occasion propice, le moment favorable. Aristote suggère, vous le savez, qu'il est le bien dans le temps[1]. J'y trouve un encouragement à poser l'acte qui convient dans le présent, à oser la parole appropriée, le geste qui, s'ajustant à la réalité, œuvre au bien.

Insupportable bonheur

Oui, l'horizon qui s'ouvre en me désarmant appelle un *ajustement*, une conversion. Ainsi, la naissance de mon premier enfant fut, à proprement parler, insupportable. Comment un individu qui croit que tout s'accomplit dans la lutte peut-il accueillir gratuitement les dons de l'existence ? J'ai eu du mal à vivre l'allégresse sans que me troublent des jugements destructeurs : « Tu n'es pas à la hauteur de ce bonheur », « C'est trop beau pour toi »... Je m'étais imaginé que le bonheur se méritait. Or, Victorine ne m'a coûté aucun effort, ou presque... J'aimerais, pour apprécier les bons moments, accepter qu'ils puissent disparaître du jour au lendemain. Et de même que, pour chasser vos tourments, vous relisez votre passé, je souhaite ouvrir quelques voies afin de me libérer des pernicieuses habitudes.

Pour m'en dégager, je pressens qu'il faut quitter des convictions bien enracinées, traquer les mécanismes, ôter les masques... Car ma personnalité s'est figée dans une posture. Il serait heureux que cette période d'*après guerre* me porte vers plus de vérité. En y songeant, j'entends la voix de ma femme : « Si les gens te voyaient en vrai... » Oui, je me suis installé dans la fonction du conquérant et peut-être de la victime. J'ai voulu faire mes preuves pour m'extraire des étiquettes et démentir

---

1. Aristote, *Éthique à Nicomaque*, Vrin, 1990, livre I, 4.

les regards apitoyés que l'on a posés sur moi. Mais ce *jeu* a assez duré. Aussi, je souhaite m'en retourner à moi pour me départir de ces rôles. Mais sans doute en jouons-nous immanquablement ? C'est en lisant Diderot que j'ai pris conscience de l'apaisante banalité de mon travers. Dans *Le Neveu de Rameau*, il relate la conversation qu'un philosophe, «Lui», tient avec un effronté qui ne s'encombre point de morale. Le parasite ne recule devant aucune bassesse pour obtenir sa gamelle. Attablons-nous avec ces deux bonshommes. Après la musique et l'éducation, les voilà justement qui devisent sur les rôles derrière lesquels nous nous dissimulons. Sous la caricature, je décèle un véritable appel à la liberté. Prêtons l'oreille :

«Lui. – Je suis excellent pantomime, comme vous en allez juger. Puis il se met à sourire, à contrefaire l'homme admirateur, l'homme suppliant, l'homme complaisant ; il a le pied droit en avant, le gauche en arrière, le dos courbé, la tête relevée, le regard comme attaché sur d'autres yeux, la bouche entrouverte, les bras portés vers quelque objet ; il attend un ordre, il le reçoit ; il part comme un trait ; il revient, il est exécuté ; il en rend compte. Il est attentif à tout ; il ramasse ce qui tombe […] ; il écoute ; il cherche à lire sur des visages ; et il ajoute : Voilà ma pantomime, à peu près la même que celle des flatteurs, des courtisans, des valets et des gueux […].

«Moi. – Mais à votre compte, dis-je à mon homme, il y a bien des gueux dans ce monde-ci ; et je ne connais personne qui ne sache quelques pas de votre danse.

«Lui. – Vous avez raison. Il n'y a dans tout un royaume qu'un homme qui marche. C'est le souverain. Tout le reste prend des positions.

«Moi. – Le souverain ? Encore y a-t-il quelque chose à dire ? Et croyez-vous qu'il ne se trouve pas, de temps en temps, à côté de lui, un petit pied, un petit chignon, un petit nez qui lui fasse faire un peu de la pantomime ?

Quiconque a besoin d'un autre est indigent et prend une position. Le roi prend une position devant sa maîtresse et devant Dieu; il fait son pas de pantomime. Le ministre fait le pas de courtisan, de flatteur, de valet ou de gueux devant son roi. La foule des ambitieux danse vos positions, en cent manières plus viles les unes que les autres, devant le ministre[1]. »

Lorsque j'ai ouvert votre *Consolation*, j'ai tenté d'appliquer les soins que Dame Philosophie vous indiquait. D'abord c'est son diagnostic qui m'a troublé: vous souffriez d'une douloureuse *léthargie*, vous aviez oublié qui vous étiez. Serait-ce que la souffrance, ou le bonheur, bref la vie, le quotidien finissent par nous perdre? Non sans une curieuse exaltation, j'ai pris conscience que nous pouvions nous exiler, cesser d'habiter notre être. Ainsi, je me suis très tôt lancé dans le combat, j'ai répondu aux circonstances. Peut-être n'ai-je fait que résister, réagir sans véritablement élargir, construire, créer positivement ma personne?

Derrière les rôles...

En m'attardant auprès de votre géniale maïeuticienne, j'ai noté comment elle excelle à nous rediriger vers l'essentiel. Alors que nous pouvons aisément nous oublier dans la lutte, la lamentation, l'envie ou le regret, elle nous prie de revenir à nous. « Qui es-tu? » Mine de rien, la question peut déconcerter car, lorsque nous avons épuisé les banalités d'usage, il reste à affronter un vide.

Une parabole tirée de la philosophie hindoue rejoint l'intuition de votre guérisseuse. N'y voyez aucun exotisme.

---

1. Denis Diderot, *Le Neveu de Rameau*, Larousse, coll. « Classiques Larousse », 1993, p. 176.

Une femme meurt et arrive auprès du Maître de l'univers. Son divin interlocuteur lui demande: «Qui es-tu?» Et la défunte de répondre: «Je suis la femme de l'épicier.» Dieu, fin psychologue, renchérit: «Qui es-tu?» La fidèle épouse en vient à dire qu'elle s'est mariée avec M. Y. Dieu s'en moque et, sans relâche, poursuit son interrogation. La dame, après avoir successivement décliné sa profession, le nombre de ses enfants, son âge, ses loisirs, les hauts faits de sa vie, ne parvenant guère à se définir, demeure muette. Certains esquivent souvent la question par un «J'ai trente ans d'expérience». Et Dieu pourrait leur rétorquer que l'expérience ressemble à un peigne qui ne sert qu'aux chauves.

Plus sérieusement, en nous conviant à un exercice de présence, l'historiette soulève la périlleuse tentation qui nous incline à nous réduire à nos actes. Si l'identification aliène, il est fécond de s'interroger: qui suis-je aujourd'hui? Que reste-t-il sous les rôles? Qu'est-ce que l'essentiel d'une personne? Avant tout, il sied d'oser désapprendre en revisitant nos habitudes, nos modes de pensée, nos préjugés… Vous qui aspirez à voyager sans bagages, vous me servez de guide pour ce périple.

Pour diverses raisons, j'ai pensé à vous alors que, flanqué de mille idées reçues, j'ai rencontré des prisonnières. Je me souviens des barreaux qui se sont ouverts dans un grand fracas et du gardien qui durant la fouille me demandait mon passeport pour s'assurer de ma personne. Plus tard, j'ai même su que l'on avait mené une petite enquête sur mon casier judiciaire et, comme la police n'est pas toujours au courant de nos actes, je suis entré! Un autre monde s'est offert à mes yeux quand des vies sont venues à moi tandis que je prenais place devant une assemblée de taulardes intriguées. «Taulardes», oui, le mot me plaît, car il exprime bien dans sa crudité la cruauté, la dureté de cette condition.

Les taulardes, ou l'art de la singularité

J'ai épié, scruté, dévisagé des femmes parce que dans mon esprit une seule question fusait : « Qu'ont-elles fait pour être là ? » À mon côté se tenait une dame qui avait assassiné un enfant. De l'autre, une passeuse colombienne m'a souri. Comme mon regard les réduisait, je n'ai retenu de ces visages qu'un forfait. Leur passé de prisonnières figeait ces personnalités complexes, généreuses sans aucun doute. À leur identité était désormais, inévitablement, attaché un crime.

Au fond, *un infirme regardait des prisonnières*. Puis, le gardien m'a prévenu : les chaises pouvaient voler, les larmes couler… De quoi me rassurer complètement ! Tandis que dans la pièce sombre les langues se déliaient, j'ai retrouvé peu à peu une paix toute passagère. Mes yeux se sont arrêtés un instant sur le tableau noir. « Je ne suis pas fière d'être en prison, mais je suis fière des expériences qu'elle m'apporte. » La phrase constituait l'écho d'une pensée jadis exprimée : « Je ne suis pas fier d'être une personne handicapée, mais je suis fier des expériences que cela m'apporte. » Dès lors, les étrangères, ces individus qui avaient tour à tour suscité la méfiance, la peur, la curiosité, sont devenues des sœurs en humanité. Elles affrontaient, elles aussi, les regards indignés et le poids des jugements. Alors une jeune femme a regretté qu'elle serait prisonnière à vie, car, en définitive, même si elle quittait un jour la prison, il se trouverait toujours quelqu'un pour redire deux mots : « la criminelle ». Dans la maison d'arrêt où opérait la réduction, je retrouvais le poids du passé. Abusivement, nous relisons une existence pour n'en retenir que ce que nous désirons. En l'interprétant à notre gré, nous n'y puisons que ce qui étaye notre conviction. Aussi est-il périlleux d'enfermer une personne dans son histoire, fût-elle celle d'un saint.

Les taulardes m'ont ouvert les yeux. Si elles déploraient que leur identité reste à jamais meurtrie, nulle n'a nié le mal commis. Aucune ne s'est efforcée de déguiser son passé. Ne craignant pas le paradoxe, puis-je confesser que je les ai enviées ? Aujourd'hui, leurs témoignages m'enjoignent de me libérer des étiquettes que je me colle et me rappellent que je suis entré en philosophie, précisément, pour m'éloigner des préjugés.

Parfois je ressens une incroyable audace, et je serais presque prêt à cesser d'endosser des rôles pour *être* véritablement. Toutefois, il me semble que les refuser tous serait encore jouer. Je désire les accepter, simplement. Je peux déjà commencer à suspendre, provisoirement, ma propension à me réduire à mon histoire. Un peu comme vous qui, avec Dame Philosophie, avez œuvré étape par étape à la réappropriation de votre être.

« Qui es-tu ? » Si la question me décontenance, je sens qu'en écartant les faux-semblants et les hâtives évidences, c'est elle qui me permettra de me reconstruire. Dame Philosophie me donne ainsi la hardiesse d'abandonner certitudes, ambitions, attentes, culpabilité pour revisiter ma personne sans rien masquer. Dans cette *histoire*, je peine surtout à quitter une sorte de *vocation à la perfection*. Voilà un fardeau que je peux déposer. Je souffre du *complexe du saint* et me crois en devoir d'être parfait. Où ai-je donc appris qu'il fallait l'être pour être aimé ? En réalité, ce complexe me prive de l'amour de mon être. Et cette insatisfaction me conduit justement à multiplier les prouesses, à désirer me fuir, à jouer mes rôles. Sans le dénigrer, il s'agit de bâtir avec cet amour meurtri, c'est lui qui doit croître. Rien ne sert de vouloir en fabriquer un autre. Je souhaite plutôt revenir à cette source pour y puiser la force, la tendresse et la bienveillance envers moi et mes semblables.

Le retour du passé

Considérer les échos du passé, c'est revisiter sans concessions les routes sur lesquelles je me suis engagé. J'observe que j'ai tenté de trouver le bonheur exclusivement dans la sensualité. J'ai aspiré au plaisir pour y puiser un réconfort, un abri où me réfugier pour maintenir le cap. Mais je ne me jugerai pas trop sévèrement. Je préfère écouter la voix d'Épicure : « Nul plaisir n'est en soi mal ; mais les causes productrices de certains plaisirs apportent de surcroît des perturbations bien plus nombreuses que les plaisirs[1]. » En reconsidérant les manques, les déceptions, les frustrations, loin de me priver, je peux m'ouvrir et découvrir aussi le plaisir dans ce que je suis ici et maintenant. Cependant, mettre le doigt sur les empreintes que laisse une vie peut être dangereux.

Contrariant l'appel du plaisir, je dépiste aussi d'accablantes exigences. En enviant le sage stoïcien qui plaçait dans l'*ataraxie* la finalité de l'homme, j'ai voulu traquer la félicité par une drôle d'ascèse. J'ai, pour vivre en paix, brigué la perfection. Or, il est néfaste d'attendre la sérénité pour s'autoriser une humble joie. Même si je me situe à cent lieues de la tranquillité de l'âme, je ne m'attriste plus de mes limites pour, avec elles, me réjouir. Peu importe si je ne suis pas Caton, Sénèque, Épicure ou Boèce. Celui que possèdent sans cesse le désir de progresser ou le rêve de devenir quelqu'un d'autre se prive de la douceur de l'instant. Si la volonté de se perfectionner est féconde, elle s'apparente à une fuite lorsqu'elle n'est qu'un prétexte à refuser le présent. Il convient d'en faire un usage avisé.

---

1. Épicure, *Lettres, maximes, sentences*, op. cit., « Maxime capitale », 8.

Non, je ne suis pas Caton. Et c'est en vain que j'ai nié la détresse et les tiraillements de mon âme. Grâce à vous, j'ai compris que l'expression de la révolte constitue un passage obligé aussi essentiel que fructueux. Sans elle, je ne crois pas, en effet, que nous puissions quitter la nostalgie et ouvrir l'avenir. Or, la retenue, en réprimant les affects, les passions, et les désirs qui agitent un cœur, prive d'une bienfaisante colère. Sans devenir l'esclave d'une amère rancune et sans infliger ses blessures, peut-être sied-il d'abord de les vivre pleinement ? Si j'éprouve de l'indignation, pourquoi ne pas accueillir ce sentiment avec douceur et bienveillance ?

Au nom d'une idée, je m'interdis d'être qui je suis. Rejetant toute contradiction, j'exige une stabilité de cadavre. Or, j'observe, par exemple, que la mythologie, en dépeignant l'effervescence et les vicissitudes de ses héros, témoigne précisément de la fabuleuse instabilité de l'existence. Mieux, dans le monde mythique, même les dieux se courroucent, pestent, crient de rage. Ils se passionnent et se déchirent… La lecture des Psaumes, en révélant qu'il est bon de laisser s'élever les désirs, la colère, les lamentations, vient elle aussi congédier ma réserve. Tout me montre que l'homme dans sa complexité demeure un être de chair, de sang, d'envies, de fantasmes, de joies, de rêves, de passions. Il aime, hait, déteste. Il désire, se révolte, découvre la paix, hurle sa douleur, pleure, rit, s'alarme… Ainsi va l'être humain. D'où sa richesse et la difficulté de vivre.

Se révolter sans modération

Désormais, je peux contempler ce champ de bataille sans tenter de taire les tumultes intérieurs. Oui, vos plaintes m'ont libéré. Et j'essaie pour l'heure d'assigner à la souffrance sa juste place sans m'y installer, car l'expression des tourments n'est que propédeutique. La vie doit garder son dernier mot pour que les épreuves ne restent de singuliers incidents qui ne sauraient nous définir.

Après avoir lu le premier poème de la *Consolation* dans lequel éclate votre peine, je me suis exposé à un désarçonnant exercice en accueillant le fiel qui surchargeait un cœur. M'ont d'abord stupéfait la violence et la brutalité qui ont surgi. Peu ont été épargnés par une indignation contenue pendant des années. Tout naturellement, j'ai aussi commencé à jeter ma hargne sur Dieu. Après d'aigres réprimandes, une infinie tendresse a remplacé les insultes. J'ai alors compris que sous un reproche peut se cacher un besoin éperdu d'amour. Et mes récriminations forment finalement le revers d'une demande. Ainsi, si nous nous installons dans la révolte, c'est la culpabilité qui primera. De même que l'on ouvre des silènes pour y découvrir des trésors, je préfère considérer la colère comme l'expression d'un désir d'amour.

En revisitant l'oppressante série des attentes déçues et des espoirs avortés, il est tentant de désigner des boucs émissaires. Nous évoquerons, par exemple, nos parents pour expliquer notre tempérament. Nous nous réfugierons derrière une enfance délicate pour blanchir avec force anecdotes notre mal-être. Afin d'abandonner notre besoin de justifications, une bonne purgation est requise. Il s'agit d'évacuer déceptions, rancunes, culpabilité pour vivre plus librement nos manques.

Chien affamé prêt à toutes les compromissions

Comment véritablement s'établir dans notre être présent alors que résonnent encore de lointains échos formés de demandes, d'exigences, de craintes et d'insatisfactions ?

Peut-être que ce que nous n'avons pas reçu dans notre enfance, nous le recherchons tout au long de notre vie ? Une observation m'a fasciné : si nous accueillons un chien affamé, et qu'il trouve auprès de nous sa pitance, il reviendra le lendemain et le surlendemain. Les jours se succéderont et la fidélité proverbiale de la bête nous demeurera acquise. Même s'il nous prend la lubie de battre notre hôte, son attachement, sa faim resteront les plus forts. Le canidé qui obtient ce dont il a besoin en nourriture sera prêt à tous les sacrifices pour obtenir le contenu de la gamelle journalière. Semblablement, nous courons toute notre existence après la gamelle de nos rêves.

Cher Boèce, j'ai pu croître grâce à l'amour profond et nourricier de mes parents. Et leur confiance, leur ouverture constituent aujourd'hui encore de solides racines. Néanmoins, l'enfant en moi aspire toujours à la sécurité que j'ai perdue lors des longues séparations imposées par l'internat. Voilà celle que, à l'image du chien, je cherche avec fièvre. Je dois bâtir sur cette béance, en assumant l'absence irréparable, en un sens, de la gamelle de mon enfance. Loin de m'attrister, cette évidence me remplit de joie car je peux désormais sans retenue jouir du quotidien. En reconnaissant que subsiste en moi un manque, je m'ouvre réellement au présent.

Le grand drame d'une vie réside peut-être dans une fuite effrénée devant ces manques. Notre esprit peut toutefois se porter paisiblement sur ce vide. Pour se donner à l'avenir, votre familière propose d'exercer notre gratitude. La mémoire abrite aussi des trésors, des visages lumineux, des mains tendues, des éclats de rire, des joies partagées, des plaisirs glanés dans les livres ou ailleurs, autant de ressources qui m'animent à l'heure où j'écris ces lignes. Fidèle à Épicure, votre Dame réveille les *souvenirs des belles choses*. Alors que d'ordinaire je ne revivais que les moments délicats en me tournant vers lui, je peux y puiser force et entrain.

Le présent du présent

Qui suis-je ici et maintenant? Partout nous pouvons entendre le même appel à demeurer dans le présent. Sénèque enseigne Lucilius: «Tu dépendras moins du lendemain quand tu auras mis la main sur l'aujourd'hui. Pendant qu'on la diffère, la vie passe en courant[1].» Spinoza dira que l'amour intellectuel de Dieu et, partant, la béatitude n'ont pas de commencement, puisqu'il s'agit précisément de les découvrir en soi[2]. Les Évangiles aussi le proclament: «Regardez les oiseaux du ciel: ils ne sèment ni ne moissonnent, et ils n'amassent rien dans des greniers; et votre Père céleste les nourrit. Ne valez-vous pas beaucoup plus qu'eux? Qui de vous, par ses inquiétudes, peut ajouter une coudée à la durée de sa vie? Et pourquoi vous inquiéter au sujet du vêtement? Considérez comment croissent les lis des champs: ils ne travaillent ni ne filent; cependant je vous dis que Salomon même, dans toute sa gloire, n'a pas été vêtu comme l'un d'eux. Si Dieu revêt ainsi l'herbe des champs, qui existe aujourd'hui et qui demain sera jetée au four, ne vous vêtira-t-il pas à plus forte raison, gens de peu de foi? Ne vous inquiétez donc point, et ne dites pas: "Que mangerons-nous? Que boirons-nous? De quoi serons-nous vêtus?" Car toutes ces choses, ce sont les païens qui les recherchent. Votre Père céleste sait que vous en avez besoin. Cherchez premièrement le royaume et la justice de Dieu; et toutes ces

---

1. Sénèque, *Lettres à Lucilius*, Flammarion, coll. «GF», 1992, I.
2. Baruch de Spinoza, *Éthique*, trad. R. Misrahi, Éd. de l'Éclat, 2005, V, proposition 33.

choses vous seront données par-dessus. Ne vous inquiétez donc pas du lendemain ; car le lendemain aura soin de lui-même. À chaque jour suffit sa peine[1]…»

Or, si souvent nous nous réduisons à notre passé, il est aussi difficile de ne pas fuir dans l'avenir. «Demain, je serai heureux», «Quand j'aurai fait ça, je vivrai mieux». Comment rester présent ? D'abord, en cessant de croire que le bonheur adviendra. À bien y songer, il n'est pas du tout sûr que nous soyons plus comblés qu'hier. Alors pourquoi pensons-nous que le futur nous rendra fondamentalement plus heureux ? Non, la réalisation de nos rêves ne nous rapproche pas nécessairement de la félicité. Rien ne sert de reconstruire la réalité tant que notre regard, nos convictions et nos jugements font notre malheur. Apprenons plutôt à assumer pleinement notre être. Chercher constamment la béatitude, n'est-ce pas la différer à jamais ? Si, du matin jusqu'au soir, chacune de nos actions, si anodine soit-elle, aspire au bonheur, nous pouvons devenir l'esclave de cette quête infernale qui me pousse d'ailleurs à rédiger ces lignes.

Devrais-je aussi abandonner ma soif de bonheur ? Quitter cette habitude qui me porte à sans cesse espérer un progrès ? C'est elle qui me constitue, c'est elle qui m'a sauvé. Et je ne saurais la nier. Mais je pense à Aristote : s'il prétendait que la vertu est fille de l'habitude[2], je crois bien que l'espoir, toujours lui, demeure sauf, et tout reste possible. Si c'est en bâtissant que nous devenons bâtisseurs et en posant des actes de courage que nous acquérons cette vertu, je comprends que je peux me perdre dans de belles théories sans me libérer véritablement. S'agirait-il plutôt de s'habituer à redevenir soi ?

---

1. Matthieu, VI, 26-34.
2. Aristote, *Éthique à Nicomaque*, op. cit., livre II, 1.

Qui suis-je ? Il y a peu, j'ai sauté en parachute. Le plus dur a été de me jeter de l'avion. Avant de me précipiter hors de l'appareil, je n'étais pas certain que la toile s'ouvrirait. Ce n'est qu'après avoir accompli l'effort et plongé dans le vide que j'ai constaté, en contemplant le parachute, que ma confiance avait raison. Je vous rapporte l'événement parce qu'il m'a enseigné plus que bien des livres. Parfois, l'expérience du corps, fût-elle futile en apparence, participe aussi à la conversion de notre rapport au monde. Il apparaît que s'en retourner à soi réclame de l'exercice, des actes. Mais je confesse qu'il m'est plus facile de réaliser un pseudo-exploit aérien que de quitter jour après jour mes rôles, mes réflexes, ma servitude.

Je ne m'effraie plus en songeant que peut-être ils persisteront en moi. Sur ce point, les stoïciens m'éclairent aussi en forgeant le concept de *proclivitas*, la disposition aux maux[1]. Ainsi, chacun est le terrain d'instincts, d'inclinations, d'habitudes, et doit bâtir avec ses multiples propensions. Oui, je fuis dans l'avenir. D'accord, je souhaite toujours mieux. Certes, je m'enferme dans des schémas. Mais justement, en prenant conscience de nos vulnérabilités, nous pouvons nous avancer vers la liberté, de sorte que nos petits penchants ne s'attardent pas en nous pour devenir le fond de notre âme.

Mon ami, je m'aperçois que j'ai encore du mal à répondre. Et, sans réellement savoir qui je suis, j'ai évoqué celui que je voudrais être. Mais je me réjouis que mon être ne se laisse pas aussi facilement définir. L'homme est plus dense que ce que nous en percevons.

Après avoir cheminé avec vous, j'ai surtout perdu l'illusion d'avoir à jamais tourné la page de mon passé.

---

1. Je me réfère à Michel Foucault, *Histoire de la sexualité*, t. 3: *Le Souci de soi*, Gallimard, coll. «Tel», 1998, chap. II, p. 76.

Désormais, en renonçant à régler le problème une fois pour toutes, je peux mieux l'écouter et m'ouvrir à la chance.

Cher Boèce, merci.

A. J.

À Dame Philosophie

Mon amie,

Toi qui avec l'habileté du chirurgien *répares* l'âme de Boèce, tu inaugures ta cure par une question toute simple : « Qui es-tu ? », ramenant ainsi ton malade à lui. Oui, tu sais combien l'adversité nous est périlleuse. Très vite, nous pouvons nous perdre dans la souffrance. Quand un mal nous ronge, il est délicat de rester à soi sans s'exiler, sans s'oublier. « Qui es-tu ? » Pour célébrer nos retrouvailles, sans t'enfermer à ton tour dans une définition, je souhaite, afin de voir un peu plus clair, esquisser ici ton portrait. Montre-toi clémente, ne ris pas de mon essai !

Miettes philosophiques

Tu te nommes *Philosophie*. À côté de Montaigne qui se réjouissait du foisonnement de tes mille et un visages[1], une armée de disciples te dessinent à leur fantaisie. De source officielle, tu serais apparue à l'aube du VIᵉ siècle avant Jésus-Christ, à Milet, en Asie Mineure, où les

---

1. Michel de Montaigne, *Les Essais*, *op. cit.*, livre II, chap. 12, « Apologie de Raymond Sebon ».

historiens recensent la première école de philosophie. Mais tes idées brillaient avant et ailleurs. Comment aurais-tu pu ignorer les Égyptiens, les Mésopotamiens, les Chaldéens ? Et l'Orient ?

Très tôt, tu avais déjà ensemencé des hommes férus de sciences, de physique, de mathématiques et d'astronomie. L'histoire les a appelés les *phusikoi*. Ces savants, tels Thalès de Milet, Anaximandre, Alcéon, Anaximène et, en un sens, Pythagore, remuaient ciel et terre pour tenter de comprendre rationnellement le monde naturel, la *phusis*. Une tradition prête à Pythagore l'invention de ton nom. Il aurait eu le sublime honneur de te baptiser. «Le premier à avoir utilisé le nom de "philosophie", et, pour lui-même, celui de "philosophe", fut Pythagore, alors qu'il discutait à Sicyone avec Léon, le tyran de Sicyone [...] car [il considérait que] nul [homme] n'est sage, si ce n'est Dieu. La philosophie était trop facilement appelée "sagesse", et "sage" celui qui en fait profession – celui qui aurait atteint la perfection dans la pointe extrême de son âme –, alors qu'il n'est que "philosophe" celui qui chérit la sagesse[1].» Bien que cette paternité soit aujourd'hui récusée, me plaît surtout le fait que tu recèles en toi l'idée d'*une amoureuse humilité* : *philein*, *sophia*. En grec, *philein*, tu ne l'ignores guère, désigne l'amour, la disposition[2], le plaisir que nous prenons dans une activité. En un mot, c'est la propension à acquérir ce que l'on affectionne.

Quant à *sophia*... Je te dois ici une confession : je n'ai convoité en toi qu'une partie... la plus exquise. Il m'importait peu que tu aspires à la *sophia*, à la *sapientia*

---

1. Diogène Laërce, *Vies et doctrines des philosophes illustres*, Le Livre de poche, coll. «La Pochothèque», 1999, livre I, 12.
2. Je me réfère au magnifique ouvrage de Pierre Hadot, *Qu'est-ce que la philosophie antique ?*, Gallimard, coll. «Folio», 1995, p. 37.

des Latins, cette sagesse théorique et intellectuelle. Seule comptait à mes yeux la *phronèsis*, ou *prudentia*, cette sorte de sagesse pratique que tu sembles promettre. Aristote, au chapitre 5 du livre V de l'*Éthique à Nicomaque*, la définit comme suit : « Le propre d'un homme prudent *[sôphrôn]*, c'est d'être capable de délibérer correctement sur ce qui est bon et avantageux pour lui-même, non pas sur un point partiel [...] mais d'une façon générale, quelles sortes de choses par exemple conduisent à la vie heureuse[1]. » Bien plus tard, j'ai perçu que les deux vont de pair et que, précisément, *sapientia* dérive de *sapere*, qui signifie *avoir de la saveur*. Je ne pouvais alors soupçonner que tu en donnerais une nouvelle à mon existence.

Désirer vivre meilleur

Amour de la sagesse... J'imagine que, comme moi, tu déplores à quel point cette expression est trahie, galvaudée. Aussi est-il bon de se rappeler que si tu aides à vivre, tu es, dans le même temps, une manière de penser le monde, de le comprendre, de l'approfondir, et non un attirail de recettes.

En découvrant la correspondance de Descartes, j'ai enfin pu définir ce que je recherchais : « Ce mot "philosophie" signifie l'étude de la sagesse, et par la sagesse on n'entend pas seulement la prudence dans les affaires, mais une parfaite connaissance de toutes les choses que l'homme peut savoir, tant pour la conduite de sa vie, que pour la conservation de sa santé et l'invention de tous les arts[2]. »

---

1. Aristote, *Éthique à Nicomaque*, *op. cit.*, livre V, 5.
2. René Descartes, *Les Principes de la philosophie*, Vrin, 2002, lettre préface, p. 26.

Boèce, dans sa *Consolation*, dit que lors de tes visites tu portais une gigantesque robe tissée par tes propres soins, preuve que ton génie ne reste pas confiné aux *choses de l'esprit* mais se déploie aussi dans le terreau des activités journalières. Le goût du détail t'a même fait inscrire sur ton vêtement un *pi* qui évoque la *pratique* et plus haut un *thêta* qui incarne la *théorie*. Finalement, te demeurer fidèle, c'est honorer l'un et l'autre, l'action et la spéculation[1]…

M'a d'abord attiré vers toi ce que laissait présager l'étymologie de ton nom. Oui, je me suis épris de la sagesse qui me fait défaut. Le vieux Platon, en démontrant que le manque incline vers toi, le confirmerait volontiers. À ses yeux, ni les dieux ni les sages n'ont besoin de toi[2]. Et pour cause: ils détiennent effectivement la sagesse et, par conséquent, ne la recherchent plus. *A contrario*, le philosophe l'aime sans la posséder. Moi, je suis venu vers toi pour améliorer mon *sort*. Sans te connaître, je me suis figuré que tu disposais d'un art presque magique qui me sauverait. Jeté dans l'existence, j'ai cherché des repères à seule fin de moins souffrir. Mais, sans complaisance, tu as révélé mon égarement. Loin de me limiter à parfaire les conditions extérieures, il me fallait désirer vivre meilleur.

Un interrogatoire «à la Kant»

Mais revenons à toi. Après tout ce temps, tu demeures encore une inconnue. Même lorsque, sceptique, je lis Kant qui ramène ton champ d'application à *quatre*

---

1. Boèce in *Porph. Dial.*, I, éd. J.-P. Migne, cité dans la trad. anglaise chez Penguin, 1969.
2. Platon, *Le Banquet*, trad. L. Brisson, Flammarion, coll. «GF», 2001, 203*c*.

questions majeures, je ne parviens pas à te cerner. Le philosophe allemand résume ainsi ton vaste univers : *« Que puis-je savoir ? »*, *« Que puis-je connaître ? »* sont du ressort de la métaphysique, laquelle se consacre aux problèmes fondamentaux de l'être en tant qu'être. Elle s'interroge sur la connaissance et l'essence du réel. Si la physique étudie le monde tel qu'il se présente, la métaphysique entend apporter des réponses à ce qui transcende la nature et l'expérience sensible : l'âme, Dieu, s'ils existent. *« Que dois-je faire ? »* appartient à l'éthique ou la morale, qui, en s'attachant à définir le bien et le mal, propose ses normes pour ajuster nos actions et examine les moyens d'atteindre la finalité de l'homme, à savoir le bonheur, le souverain bien. De leur côté, les religions débattent pour élucider l'objet de notre foi : *« Que nous est-il permis d'espérer ? »* Enfin, toujours selon notre philosophe, la réflexion anthropologique rassemble en une seule toutes les autres questions : *« Qu'est-ce que l'homme ? »*[1].

Ne compte pas sur moi pour répondre à ce vertigineux interrogatoire !

Être à soi et se tenir en joie

Lorsque tu t'es approchée de moi – t'en souviens-tu ? –, tu m'avais très sobrement demandé comment je concevais une existence heureuse. Et si ma mémoire ne me trompe pas, je t'avais simplement rétorqué : « Sortir d'ici ! » Alors, tu as courtoisement distingué la vie bonne de la vie réussie. Celle-ci tout intérieure, celle-là pas forcément accessible. Ce fut ma première conversion, ne plus consacrer tous mes efforts à ce que je veux devenir, mais habiter vraiment ce que je suis.

---

1. Emmanuel Kant, *Logique*, Vrin, 1996, p. 25.

J'apprécie aujourd'hui ta simplicité. Devant un jeune homme qui n'avait pas le goût des *choses de l'esprit*, tu t'es contentée de poser des questions. Si tout était à bâtir, tu m'as paradoxalement prié de te dire d'où me venaient mes idées, pourquoi je pensais ainsi. Plus tard, en relisant le *Discours de la méthode*, j'ai deviné tes intentions. Oui, mon âme candide avait déjà importé quelques réponses toutes faites et se résignait à adopter les opinions qu'elle entendait sans les mettre en doute. Tu m'as dégagé de la résignation par ignorance.

Puis, tu m'as insufflé le désir de connaître, de construire un état d'esprit capable de jubiler devant l'existence. Lorsque tu prenais congé, tu ne manquais jamais de me proposer un *exercice spirituel*. Au fil de nos entrevues, tu m'as plaisamment esquissé un *art de vivre* qui tenait beaucoup de la philosophie ancienne. J'ai aimé cette démarche qui s'apparente à une médecine de soi et recourt à diverses médications pour guérir le mal diagnostiqué. Avec ravissement, j'ai parcouru les textes antiques pour m'exercer. S'exercer, c'est rendre la santé à l'âme, lui prodiguer des soins. Rien ne sert de discourir, il s'agit de pratiquer. Je me sens particulièrement proche de Diogène le Cynique, qui se contente de vivre sa pensée sans bâtir de grandes fictions conceptuelles. De mauvaises langues de l'époque contestaient qu'il soit véritablement philosophe. Toi qui sondes les esprits décideras seule. Suffit-il d'écrire quelque traité à ton sujet pour avoir l'honneur d'être ton familier ?

Un soir, tu m'as laissé avec Épicure et j'ai savouré sa *Lettre à Ménécée*. Avec lui, je me suis douté que le bonheur ne se cueillait pas forcément dans l'avoir, mais dans l'être. Précisément, philosopher, c'était s'ouvrir à ce plaisir. Épicure te dépeint bien lorsqu'il affirme : « La philosophie est une activité qui, par des discours et des raisonnements, nous procure la vie heureuse[1].» Assurément, selon une telle conception, en éloignant les opinions vides, l'ignorance, les préjugés qui retournent l'âme, la philosophie devrait apporter la paix ! Au fond, j'ai deviné que je pouvais user de la raison pour accéder au plaisir d'être.

Évasions philosophiques

«La philosophie est une activité qui, par des discours et des raisonnements, nous procure la vie heureuse[2].» Pour la première fois, je concevais que l'on pût faire un emploi positif du discours, de la parole. J'ai compris qu'elle pouvait sauver et écarter le mensonge en accomplissant une percée vers la vérité. Ce dernier point m'a peut-être particulièrement touché. Il me plaît que tu dispenses l'audace de récuser les clichés et les généralités qui emmurent. Grâce à toi, je me suis souvent efforcé de refuser les *a priori* qui me réduisent à ma faiblesse, à mes angoisses ou à mon infirmité. Tu me laisses espérer que cet enfermement ne soit pas fatal. Et quand la tâche me décourage, tu me relances avec Descartes et son appel à *penser par soi-même*.

Je ne suis assurément pas le seul que tu engages à se méfier des préjugés. Aussi, je jubile à chaque fois que tu répètes ton exhortation : par exemple, Marie de Gournay, l'éditrice de Montaigne, résume d'une expression son projet : «Désenseigner la bêtise.» Pour cette besogne infinie, tu peux aussi compter sur Nietzsche. Cet allié de taille prie au paragraphe 328 de son *Gai Savoir* de *nuire à la bêtise*. Platon et Kant, tes illustres serviteurs,

---

1. Épicure dans l'édition de H. Usener, fragment 219.
2. *Ibid.*

incitaient déjà à rejeter l'opinion, la *doxa*. Je médite volontiers leur célèbre distinction : empruntant toutes ses convictions aux autres, le *philodoxe* croit *ce que l'on dit*. À l'inverse, le *philosophe* ausculte les propos qu'il entend avant de s'aventurer dans une réflexion propre[1]. Il faut d'abord s'enhardir jusqu'à désapprendre et purger l'esprit de l'erreur. Certes, il y aura toujours en l'homme quelques préjugés. Proclamer ne plus en avoir, n'est-ce pas étaler du même coup son aveuglement ? Tout au plus peut-on progressivement s'en délester...

Te suivre, chère amie, c'est avant tout jeter un regard interrogatif sur la réalité. Oui, il existe bien des façons de sonder le monde et il a suffi à un jeune adolescent d'oser un petit point d'interrogation pour ouvrir un horizon qu'on lui avait fermé. Je n'avais pas encore lu Nietzsche, mais en un sens je l'ai entendu : «Enfin, vous savez fort bien qu'il importe peu que ce soit vous qui ayez le dernier mot, que jusqu'ici aucun philosophe n'a eu le dernier mot, et qu'il y aurait une véracité plus louable dans chaque petit point d'interrogation que vous mettriez derrière vos paroles et vos doctrines favorites (et, à l'occasion, derrière vous-même) que dans vos gestes pathétiques et les atouts que vous abattez devant vos accusateurs et vos juges[2].»

Chère Dame Philosophie, comme tu le vois, je me disperse en tous sens et ne parviens pas à te circonscrire. Mais mon impuissance me ravit. Pas plus que je ne saurais emprisonner un ami dans une définition, je ne souhaite te réduire. À grands traits, je me suis rappelé les enseignements que tu m'as prodigués lorsque, à l'internat,

---

1. Sur l'opposition entre philosophes et philodoxes, je me réfère à Platon, *La République*, 474*d*-480*a*, et à Emmanuel Kant, *Critique de la raison pure*, préface à la 2ᵉ éd., § 16.
2. Friedrich Nietzsche, *Par-delà le bien et le mal*, II, 25.

je cherchais une brèche pour m'évader. À l'époque, je devais m'armer pour assumer la moquerie et la difficulté d'être *différent*. Pour l'heure, je me limite à esquisser une philosophie pour temps de paix. Et veux me retourner vers Épicure, ce doux guide qui m'avait déjà subjugué en annonçant : «Vide est le discours du philosophe qui ne soigne aucune affection humaine. De même en effet qu'une médecine qui ne chasse pas la maladie du corps n'est d'aucune utilité, de même aussi une philosophie, si elle ne chasse pas l'affection de l'âme[1].» Maintenant, il me convie à savourer l'absence d'adversité. Avec lui, je dégage une voie pour apprécier l'existence et me défaire d'un certain goût pour cette exaltation particulière que seul procure le combat.

Oui, me manque cette euphorie qui donnait du prix à chaque minute. Tandis que je ferraillais, je savais pourquoi je me levais le matin et tout le jour s'organisait autour d'un objectif : progresser. Aujourd'hui, la lassitude côtoie parfois le plaisir et la joie. Évidemment, sitôt que je me suis avisé que Schopenhauer avait abordé le sujet, je me suis jeté sur celui qui passe pour le philosophe de l'ennui. Avec lui, ou peut-être contre lui, je veux m'attaquer à construire une philosophie d'*après-guerre*, une pensée de la positivité qui n'a pas besoin de l'obstacle pour se *sentir* exister. Tu trouveras sous ce pli une périlleuse et vacillante tentative.

Bien à toi,

A. J.

---

1. Épicure dans l'édition de H. Usener, fragment 221.

À Épicure

Salut à toi !

Ta simplicité congédie ma gêne et en toute confiance je me livre à toi. Je devine ton doux sourire. Il incarne à mes yeux ta philosophie, ce large chemin que tu ouvres vers la paix. Plus que tout tu me débarrasses de mes vains désirs. Prends ces lignes comme l'expression de la gratitude qui anime mon cœur.

Cher ami, tu es mon lumineux compagnon de route, toi qui as assumé plaisirs et souffrances avec la même sobriété. Je n'étais pas là pour le voir, mais je crois tes disciples sur parole. Les outils que tu nous lègues l'attestent. Ils portent tant de fruits qu'ils témoignent d'une authentique pratique.

Un bien facile d'accès

Souvent, je me suis interrogé : «Qu'est-ce qu'il me faut pour être heureux ? » Tendrement, avec insistance, tu as converti mon regard : comment être heureux ici et maintenant ? Oserais-je ne plus renvoyer mes désirs vers un bonheur lointain et commencer à cultiver la félicité là où elle se donne ? Voilà la grande affaire : le bien est facile d'accès.

« Il a tout pour être heureux. » Bien que je la condamne, extérieurement, cette phrase absurde pourrait sans doute me convenir. C'est précisément là que le bât blesse. J'ai fourni mille efforts pour tenir debout et maintenir le cap. Une fois arrivé, je n'apprécie guère et oublie ce que j'ai enduré et accompli pour être là. Adolescent, j'ai cru qu'en me mariant je goûterais un bonheur sans fin. Le mariage a eu lieu et ont succédé des mois de liesse. Puis les premières querelles sont apparues, les factures à payer, la lunette des toilettes… Mon dévolu s'est ensuite porté sur un enfant. Lorsque Augustin, mon fils, s'égosille à quatre heures du matin, je repense à tout ce que j'aurais fait pour concrétiser cette sublime aspiration. Loin de se réduire à un additif dont nous n'avons cure avant d'avoir réglé les affaires courantes, la félicité se cultive ici et maintenant.

Je m'égare en m'acharnant à la circonscrire avec mes « si ». Un besoin d'absolu, une soif de perfection me troublent. À ce propos, combien de fois me suis-je levé au cœur de la nuit pour m'assurer que le bébé respirait ? Te lire me suggère une apaisante question : « Mes enfants viennent-ils combler un vide ou sont-ils un pur ravissement, un présent gratuit de la vie ? »

Non, je ne parviens pas à apprécier ces doux instants qui portent l'arrière-goût de l'éphémère et de la fragilité. Sans cesse, le tragique de notre condition se rappelle à moi et m'interdit l'insouciance. Tandis que je luttais, je concevais un sens à la vie qui suscitait une forme d'héroïsme et je me croyais capable de regarder les obstacles sans broncher. L'adversité, en me quittant, a emporté avec elle le fond de mon existence.

Je souhaite me dégager de la prison des habitudes, pour savourer l'absence absurde de lutte et m'ouvrir au plaisir stable et tranquille d'un homme qui fait halte dans un port. Je le confesse, j'éprouve une curieuse nostalgie de la tempête, des marées et des vents. Me manque la voix qui se faisait entendre dans la tourmente pour donner du cœur à l'ouvrage et battre le rythme de celui qui rame. Je rêve de bruits de vagues. Préférerais-je la tornade à cet océan plat ? Comme la paix et le repos me sont encore étrangers, avec simplicité je veux accueillir ces hôtes inattendus, ces visiteurs venus de si loin.

Si l'océan paraît calme et plat, c'est peut-être que je reste en surface. Toujours à l'affût, aux aguets, sans prendre le temps d'approfondir, j'attends, je me prépare au bonheur sans le vivre véritablement. Je t'ai mieux compris quand mon épouse et Victorine, ma fille nouvellement née, séjournaient à la maternité. Seul à la maison avant l'arrivée de «mes femmes», je me suis fait livrer des pizzas et, fidèle à tes préceptes, en ai fait autant de festins. À la fin de la semaine, emballages, vaisselle souillée, habits sales, courrier laissé sans réponse s'amoncelaient dans l'appartement. J'ai alors déblayé le champ de bataille qui m'entourait. Or, comme je ne fais rien à moitié, (encore un chantier de ma vie : je suis «ou tout ou rien» !), j'ai rangé avec le plus grand soin. Dans mon élan, j'ai décidé de mettre de l'ordre dans ma bibliothèque. Révélations : *De la tranquillité de l'âme* de Plutarque y trônait en six exemplaires. Jamais lus. L'intégrale de Jankélévitch, jamais consultée, *Matière et Mémoire* de Bergson, en triple exemplaire, amassait la poussière… Voici peut-être ma vision du bonheur : bien que je sois le premier à dénicher la dernière nouveauté, je ne lis guère les livres que je détiens.

Comme tu le devines, en concevant toujours le bonheur comme un ailleurs, je le diffère : *ailleurs*, *après* ne sont que des vues de l'esprit. Si bien que ces heures perdues à se projeter, à bâtir mille et une stratégies pour jouir un jour de la félicité, ont dissimulé les plaisirs de l'instant. Mais tu me délivres de cette dissipation. Et je peux ouvrir les bras au bien disponible. Voilà la grande affaire.

Savourer l'ici et maintenant, glaner toutes les bontés, et elles foisonnent, que me dispense cette heure.

Retour sur terre

J'exerce avec plaisir la gratitude, cette allègre présence au monde. Pourtant, quelle lutte pour libérer l'esprit ! Avec avidité, il fuit ce qui est, pour s'acharner à rechercher ce qui devrait être. L'attrait pour l'idéal implique-t-il nécessairement une insatisfaction qui avilit le réel ? Mon aspiration à vivre mieux m'a assurément apporté de belles victoires. Je ne veux pas me départir de cette plaisante compagne, mais simplement lui donner une meilleure place. Je devine enfin qu'il est des remèdes qui soignent provisoirement. Mais une fois le malade guéri, il convient de les laisser de côté. Les sceptiques parlaient de médecines purgatives qui disparaissent avec le mal qu'elles détruisent[1]. Il est bon de revenir à nous pour choisir quelles armes déposer et quels outils inventer.

Un dieu qui s'en fout… ou presque

Ta philosophie a mis bas bien d'autres préjugés et opinions vides. D'abord, le dieu n'est pas à craindre car, s'il se réjouissait de mes chagrins ou de mes regrets, ce serait un être influençable, corruptible, et donc imparfait. Comme à toi me déplaisent ces images d'un monarque versatile, si peu divin et diablement homme. Non, un dieu qui se respecte ne pourrait pas aimer les tristes remords, les privations qui accablent, les angoisses. Allègrement, tu chasses la crainte de la divinité qui engendre trop

---

1. Cf. Sextus Empiricus, *Esquisses pyrrhoniennes*, I, 28, 206.

souvent une sombre affliction. Il n'est plus ce juge implacable qui se plaît à repérer la moindre de mes failles et condamner le plaisir que je prends à vivre. Quelle prétention d'affirmer qu'il se préoccupe de mes comportements dans ma cuisine ou dans ma chambre à coucher ! J'ose espérer que le *Principe de l'univers* n'a cure ni de ma gourmandise ni de ma sexualité.

Loin de m'éloigner de lui, tu m'en rapproches. Bref, si tu décèles dans les dieux un modèle d'autonomie à contempler pour créer une liberté intérieure, pourquoi ne pas aussi y entendre un appel à la joie véridique, au libre acquiescement à la vie ? Je m'égare. Je n'aime pas parler de ma foi. Puis-je néanmoins te soumettre un singulier paradoxe ? Plus je découvre Dieu en moi, plus je le dépouille de toute projection personnelle. Mais je cherche encore souvent dans le lointain ce qui est proche.

Si tu m'apprends que la mort n'est rien pour moi, je peine à apprécier l'existence qui passe. Lorsque, en vrai kamikaze, je savoure sur mon tricycle l'ivresse de la puissance, je songe parfois que, si l'on retrouve mon cadavre avec un filet de sang au coin des lèvres et les yeux tournés vers l'intérieur, je ne verrai pas grandir mes enfants. La crainte d'un accident fatal gâte les instants heureux. Je déplore qu'avec la vie nous perdions les êtres chers et les plaisirs à venir. Et semblable perspective n'a pas fini de m'effrayer.

Cependant, en me montrant que la mort ne me concerne pas, tu portes ici une nouvelle estocade, car, si je suis là, elle n'est pas là, et quand elle sera là, je ne serai plus là. Je ne la rencontrerai jamais. Elle m'anéantira certes, mais fera disparaître avec moi peines, chagrins, souffrances, angoisse. Au fond, l'envisager comme la cessation de celui qui regrette m'apaise. Meurt, en même temps que nous, la possibilité même du manque, des déceptions, de la nostalgie. On me rétorquera que la joie, les voluptés, l'amitié périront aussi. Mais c'est encore ici tenir un langage de vivant puisque rien ne fait défaut au défunt. Rien. Comme Socrate, je veux, toutefois, garder l'espérance. Bref, la mort, au pire, c'est une longue, très longue sieste. Au mieux… je ne sais pas. Curieux ! Ici, le doute devient presque salutaire, alors qu'une réponse définitive, figée, en brisant l'espoir, serait inadmissible. Mais je tremble à l'idée de ne plus connaître la privation, lumineux et terrible apanage des mortels.

Devant l'inévitable échéance, il arrive que le plaisir s'avilisse en exutoire, en divertissement. En le sollicitant pour fuir, nous nous perdons dans l'illusion passagère de soulager le manque. Souvent je me drape dans la sensualité et tente vainement de puiser, en condensé, les fruits de la vie. Un bref instant de jouissance chasse l'angoisse, l'ennui. J'oublie tout. J'accumule sans savourer et jouis sans aimer. En t'écoutant, je veux m'avancer vers la gratuité et rendre au bonheur un visage humain. La véritable discipline, loin d'une morne abstinence, réclame que nous cessions d'ériger nos désirs vers un lointain et inaccessible bien pour le cultiver précisément là où il se répand. Aussi, je souhaite accueillir le plaisir plutôt que de le rechercher, découvrir la douceur de vivre, la volupté d'être.

Vivre sans réserves

Mais, en différant les occasions de joie, les peines qui risquent de s'abattre ont encore trop de poids. Tu m'en dépouilles progressivement. De même, l'indigence du quotidien m'accable parfois. Je pressens alors que ce n'est pas lui qui est pauvre, mais mes mains, nos mains, qui ne s'ouvrent pas assez, car si je ne m'estime pas comblé, je ne le serai jamais. À quoi bon amasser, pourquoi réaliser cent défis si je ne sais pas me satisfaire ? C'est alors que j'entends ta paisible voix : « Celui qui connaît bien les limites de la vie sait qu'il est facile de se procurer ce qui supprime la souffrance due au besoin, et ce qui amène la vie tout entière à sa perfection[1]. » Je devine que mettre une borne à d'aliénantes attentes élargit mon horizon en me libérant de l'esclavage des appétits, du tourbillon effréné de l'envie. Le paradoxe est des plus singuliers : c'est en limitant les désirs pour les diriger vers le réel que nous jouissons le mieux.

Je me suis avisé, non sans quelques coriaces réticences, qu'il peut aussi être fructueux dans l'épreuve comme dans l'effort de fixer des limites. Les personnes qui souffrent, anonymes, d'alcoolisme me signalent le danger de se lancer dans de chimériques gageures. Elles préfèrent des défis de durée plus brève, car pour elles, par exemple, se résoudre à ne plus jamais boire est peut-être trop exigeant. En revanche, tenter l'abstinence déjà pendant une heure relève du possible. Libre à chacun de renouveler ensuite son engagement. M'appropriant leurs conseils, je me décharge maintenant des préoccupations de demain, et si j'y parviens, j'acquiers la force de poursuivre l'exercice. En cas d'échec, je trouverai en ma mémoire le souvenir de mes anciennes victoires pour persévérer.

Si je ne suis pas en mesure de supporter sur-le-champ la totalité du mal qui vient, je peux me borner au présent pour assumer, un instant après l'autre, la peine. Lorsque la mort de mon père s'est annoncée, je me suis exercé, pour ne pas sombrer dans la révolte ou le désespoir, à vivre la douleur sans me charger des chagrins que promettait l'avenir. Sans accepter le diagnostic clés en main, j'ai essayé d'accueillir avec légèreté le dépérissement du

---

1. Épicure, *Lettres, maximes, sentences*, *op. cit.*, « Maxime capitale », 21.

malade. Je crois bien avoir ainsi, minute après minute, puisé dans les ressources ténues du moment la simplicité de demeurer à ses côtés. Contre toute attente, nous avons partagé une joie insoupçonnée que le souci du lendemain aurait anéantie. Sur ce point, je me souviens de Sénèque qui, dans sa cinquième lettre à Lucilius, affirme que «nul n'est malheureux seulement à cause du présent». Mais ce que j'ai réussi au comble de la souffrance, je ne parviens guère à le réaliser quand la Fortune m'est favorable. Nécessité fait loi. Peut-être.

Cher Épicure, j'entends ta voix: «Nous sommes nés une fois, mais deux fois cela n'est pas possible, et il faut pour l'éternité ne plus être; toi, qui n'es pas de demain, tu diffères la joie: mais la vie périt par le délai, et chacun d'entre nous meurt à se priver de loisir[1].» Hier n'est plus et demain n'est pas encore. Je ne puis enfermer dans ces pages le bien que tu prodigues. Il me plaît de te saluer à la façon des alcooliques anonymes: bonnes vingt-quatre heures !

À bientôt. Savoir ma lettre entre tes mains me réjouit.

A. J.

---

1. *Ibid.*, «Sentence vaticane», 14.

À Arthur Schopenhauer

Quatre, trente-deux, septante-deux, cinquante-six, dix-sept, nonante-quatre, vingt-trois, quarante-deux. J'entends au bas de l'immeuble une voix grave crier des nombres. On joue au loto. Hier, sur la terrasse, quatre enfants s'amusaient au rami. Je sais que vous avez le jeu de cartes en horreur[1]. Souvent, je pense à votre critique du divertissement. Partout, vous voyez l'homme qui s'occupe à meubler le temps et fuir l'ennui. Il en est même un qui écrirait une lettre à Schopenhauer pour ne pas demeurer les bras croisés et l'âme inoccupée...

Oui, je m'ennuie et votre peinture des dimanches anglais réveille des souvenirs fort peu exaltants. J'imagine très bien le calvaire de ces victimes qui, à cause de la bigoterie ambiante, devaient renoncer à se divertir le *jour du Seigneur*. Pour achever leur supplice, le puritanisme ne se contentait pas de regarder d'un mauvais œil le théâtre, le ballet, mais interdisait purement et simplement tout passe-temps. Il ne leur restait plus qu'à attendre que l'horloge égrène ses navrantes minutes.

Bien que j'aie partagé avec vous l'horreur du dimanche, je commence à apprécier les joies simples du repos

---

1. Arthur Schopenhauer, *Aphorismes sur la sagesse dans la vie*, PUF, 1998, p. 17.

dominical. Ce jour était triste car il portait tout entier l'attente d'un maudit bus qui m'emportait inexorablement à l'internat. Dans cet autocar, j'ai deviné que la vie relevait du combat et qu'il fallait la consacrer à y réfléchir. Alors, je concevais l'existence comme un problème, mais, depuis, le problème se dissout. La vie n'en est peut-être pas un.

Hors concours

Sans vous connaître, ou fort peu, je veux, librement, m'ouvrir à vous. Comme vous, me semble-t-il, je suis d'avis qu'il n'y a peut-être pas de hiérarchie dans le mal-être. Une inquiétude, quelle qu'en soit la cause, minime ou énorme, peut ronger et dévaster une personnalité. À votre suite, je me méfie également des plates généralités que nous brandissons pour relativiser les soucis sans les entendre vraiment. Non, évoquer les malheurs d'un peuple ou les calamités traversées par l'humanité n'allège pas nécessairement notre amertume. Je sais que vous ne me jugerez pas.

Pour écrire ces lignes, j'ai tout de même dû refermer promptement votre *Essai sur les femmes* pour ne retenir de vous qu'une incitation à mieux comprendre les êtres humains. Il est surprenant que votre clairvoyance ne vous prémunisse pas des préjugés. Ainsi votre approche du beau sexe est-elle pour le moins déroutante: «Elles ne voient que ce qui est sous leurs yeux, s'attachent au présent, prenant l'apparence pour la réalité et préférant les niaiseries aux choses les plus importantes[1].» De même le supplément du livre quatrième du *Monde comme volonté et comme représentation*, où vous exposez votre

---

1. Id., *Essai sur les femmes*, Mille et Une Nuits, 2005.

métaphysique de l'amour, m'a laissé songeur : «L'homme peut, sans peine, engendrer en une année plus de cent enfants, s'il a à sa disposition un nombre égal de femmes, tandis qu'une femme, même avec un pareil nombre d'hommes, ne pourrait toujours mettre au monde qu'un enfant dans l'année (je laisse de côté les naissances jumelles). Aussi l'homme cherche-t-il toujours d'autres femmes; la femme, au contraire, s'attache fermement à un seul homme, car la nature la pousse, d'instinct et sans réflexion, à conserver celui qui doit nourrir et protéger l'enfant à naître. Ainsi donc la fidélité conjugale, tout artificielle chez l'homme, est naturelle chez la femme, et par suite l'adultère de la femme, au point de vue objectif, à cause des suites qu'il peut avoir, comme aussi au point de vue subjectif, en tant que contraire à la nature, est bien plus impardonnable que celui de l'homme[1].» Déception, détresse, frustration vous ont-elles dicté ces lignes ? Ne nous arrêtons pas aux symptômes !

C'est peut-être aussi la complexité de votre *personnage* qui m'a fait espérer de vous l'indulgence : vous, le chantre de la compassion, avez légué une grande part de votre héritage à un caniche… Sacré bonhomme, vous en venez même aux mains avec votre voisine. Et lorsque celle-ci vous accuse de l'avoir traitée de connasse, vous nuancez et avouez n'avoir lâché qu'une seule fois «vieille salope». La différence est de taille, j'en conviens. Ces anecdotes me touchent. Elles témoignent avant tout de la difficulté pour chacun d'incarner dans sa vie ses intuitions, ses idéaux.

Vous m'êtes également proche lorsque, sans craindre la contradiction, vous dissertez sur la dissolution de l'individualité, tout en conservant une insolite sensibilité

---

1. Id., *Le Monde comme volonté et comme représentation* (1819), trad. A. Burdeau, revu et corrigé par R. Roos, PUF, 1966, chap. XLIV du supplément au livre IV.

au regard des autres. Par exemple, vous avez apporté un grand soin à rédiger au recto d'un portrait de vous peu fidèle que, contrairement aux apparences, vous n'étiez pas roux. Précaution utile, certes. Mais de là à notifier la remarque en latin, en allemand, en français et en italien... Le souci de la postérité peut aussi hanter un chantre de l'abnégation. Me voilà rassuré !

Passer pour fou pour devenir sage

Le regard d'autrui constitue un chantier de ma vie. À tort, j'ai cru m'être débarrassé du problème quand je me suis mis, avec enthousiasme et zèle, à l'école de Diogène de Sinope. Le Cynique conseillait à qui désirait entrer en philosophie de traîner un hareng derrière lui[1]. En passant pour fou, il devenait sage. En supportant la raillerie, il cessait de se laisser déterminer par l'opinion de ses semblables. Pour tout confesser, je n'ai même pas besoin de tirer un poisson pour paraître imbécile !

Est-il indispensable de vous dire que je ne reste pas sourd aux compliments ? De douces paroles me réconfortent, me rassurent et atténuent provisoirement les doutes qui m'assaillent. Oui, j'ai besoin de l'autre et il m'importe d'être considéré. Voulez-vous un exemple ? Mais pourquoi faire mention en ces lignes de cette blessure ? Sachez qu'il me faut craindre de jouer le rôle de l'*infirme philosophe*. Qu'un titre d'article recensant mes livres martèle le mot *handicapé*, et voilà que je m'assombris. Aurais-je peur que l'épithète ne me suive à jamais ? Un homme libre s'en moquerait. Pas moi ! Comment pourrais-je viscéralement accepter que l'on ne retienne

---

1. Cf. Diogène Laërce, *Vies et doctrines des philosophes illustres*, *op. cit.*, livre VI, 36.

de mes écrits qu'un *témoignage*, quand l'infirmité n'a été qu'une porte d'entrée, l'occasion d'une réflexion ? J'ai aussi rencontré des esprits qui, avec une cruelle bienveillance, me surnomment « le philosophe du handicap ». Imaginent-ils cependant la douleur qu'ils ravivent ? Une chose est de nier ma singularité, une autre est de m'y enfermer, de ne considérer qu'elle.

Pourquoi le cacher ? Je tente éperdument de tourner la page, mets tout en œuvre pour que le pitoyable adjectif soit oublié. Bien sûr, la philosophie peut servir ce projet. Sa confrérie apporte, à assez bas prix, un vernis pour qui veut couvrir sa misère. Comment résister à convoquer, au gré d'une conversation, Kant et son *esthétique transcendantale* ? À ressusciter les Damascius, les Onésicrite, les Peregrinus Proteus, ou les Ariston ? Ramener de leur XIIe siècle Joachim de Flore et Robert Grosseteste n'est pas non plus sans charme. On fera appel aux propriétés primaires et secondaires, et, sans s'y attarder, on citera Bertrand Russell et la calvitie de son actuel roi de France. Un exemplaire de la *Phénoménologie de l'esprit* sera négligemment jeté sur la table de chevet, bien en vue.

La ruse ne connaît pas de limites et trouve mille occasions où s'engouffrer. Mais j'oubliais le fer à cheval de Niels Bohr. Pour l'anecdote, le physicien danois avait suspendu au-dessus de sa porte un fer à cheval, et quand les curieux lui demandaient s'il croyait aux vertus propitiatoires d'un morceau de ferraille, il rétorquait : « Non, mais on dit qu'il porte bonheur même si on n'y croit pas. » Enfin, le paradoxe de l'omniscience de Dieu est, lui aussi, du plus bel effet. Il stipule que Dieu, fidèle à lui-même, et en vertu de son essence, dispose d'un pouvoir illimité. Rien ne lui est impossible. Après avoir jeté de telles prémisses, s'interrogera-t-on si l'Être suprême dans son plein pouvoir est en mesure de créer une pierre qu'il ne peut soulever ? Cessons là. Je commence à y reprendre goût. Au risque de me perdre sous une fausse érudition, j'ai essayé d'échapper aux étiquettes. Je veux oser la sobriété car Dieu sait comme nous pouvons nous trahir lorsque, pour briser une caricature, nous en devenons une.

Je suis aussi à vos côtés quand vous écrivez : « Je porte constamment en moi une inquiétude intime qui me fait voir et chercher partout des dangers où il n'y en a pas[1]. » Oui, je crois deviner l'agitation qui vous mine. C'est elle qui vous somme, pour éviter de périr brûlé, d'élire domicile au rez-de-chaussée, ou encore de dormir avec une arme à feu à proximité. De même, elle vous enjoint, pour échapper à une possible contagion, de ne pas oublier de prendre votre verre lorsque vous dînez en ville. Et avec force, devant le choléra qui a déjà emporté Hegel, votre rival, elle exige la fuite. Alors, toutes affaires cessantes, vous pliez bagage.

Le gouffre qui sépare nos intuitions et nos actes est presque banal. Comme je ne crois pas que la cohérence soit du seul ressort de la volonté et de la raison, votre difficulté à appliquer votre philosophie ne m'étonne pas. J'avoue que, pour peu que je m'abîme dans mes contradictions et examine l'immense champ de bataille qui y règne, je ne peux que suspendre, pour un temps, l'indéracinable propension à juger l'autre. Lorsque vos propos sombrent dans une sorte de misanthropie, je préfère laisser de côté ces symptômes qui attestent assurément un cruel désabusement.

Mais pourquoi m'attarder ici sur des détails biographiques qui trop souvent servent à jeter le discrédit sur votre pensée ? Si votre vie m'interpelle effectivement,

---

1. Cité par Didier Raymond, *Schopenhauer*, Seuil, 1995, p. 52. Cette biographie fut la porte d'entrée dans votre pensée. Et je lui dois beaucoup.

c'est avant tout dans votre œuvre que je trouve le moyen d'éclairer mes paradoxes. Et bien que j'éprouve quelques réticences à adhérer à votre philosophie, elle a eu le mérite de révéler l'extraordinaire contradiction de mon existence.

Vouloir être esclave

«Quand on veut, on peut!», «Vouloir, c'est pouvoir!»… Sans cesse, j'ai entendu cette injonction. Et, vous le devinez, jour après jour, j'ai dû consolider ma volonté. Il en fallait beaucoup pour puiser de la force et maintenir le cap. Mais voilà qu'aujourd'hui elle commence à me tyranniser. Je n'ai plus besoin de lutter. Or, ma volonté endurcie et tenace réclame toujours sa pâture. Je crois bien être devenu son esclave. Et comme elle ne trouve plus de but précis vers lequel se diriger, elle tourne à vide. Je ne parviens pas à cesser de vouloir, et toute halte, toute oisiveté sont interdites.

En parcourant votre œuvre, je me suis particulièrement attardé sur votre *diagnostic*. Donc, vous déclarez que le vouloir constitue l'étoffe du monde. Sans bornes, c'est lui qui partout opère: «Chez la bête et chez l'homme, la même vérité éclate bien plus évidemment. Vouloir, s'efforcer, voilà tout leur être; c'est comme une soif inextinguible. Or tout vouloir a pour principe un besoin, un manque, donc une douleur [j'ai toujours cru avoir un *retard* à rattraper et, sans le savoir, j'ai vécu sur le mode de la compétition; lorsque je vous ai lu, je me suis soudain vu sur la ligne de départ d'un stade olympique, ou plutôt en retrait, légèrement derrière les autres concurrents; je partais avec un *handicap*]; c'est par nature, nécessairement, qu'ils doivent devenir la proie de la douleur. Mais que la volonté vienne à manquer d'objet, qu'une prompte satisfaction vienne à lui enlever tout motif de désirer, et les voilà tombés dans un vide épouvantable, dans l'ennui; leur nature, leur existence, leur pèse d'un poids intolérable. La vie donc oscille, comme un pendule, de droite à gauche, de la souffrance à l'ennui; ce sont là les deux éléments dont elle est faite, en somme. [M'observer dans cette course imaginaire fut une révélation. J'ai compris mon insatisfaction et cette impossibilité à goûter le repos. Et j'ai *entendu* une autre voix crier aux concurrents: «Hé, messieurs, cessez de briguer la première place! Pourquoi s'agiter? Ne vous méprenez point! Ici, pas de ligne d'arrivée, pas de gagnant, ni de perdant. Asseyez-vous donc avec les spectateurs. Et vous! Oui, vous! Venez. Remettez-vous! Vous êtes essoufflés!»] De là ce fait bien significatif par son étrangeté même: les hommes, ayant placé toutes les douleurs, toutes les souffrances dans l'enfer, pour remplir le ciel n'ont plus trouvé que l'ennui[1].»

L'habitude du combat m'a rendu fébrile et prompt à l'action. Il m'est difficile, n'en déplaise à Sénèque, de me persuader que la vie n'est pas trop courte. J'admire celui qui sait vivre sans envisager l'existence comme une succession de récompenses à soustraire au quotidien. Pour ma part, me sentant toujours en sursis, fragile, je veux tirer profit de tout. M'apprendriez-vous le détachement?

Ambitieux pantins

Là encore, je veux tout, tout de suite… Ou *ça* veut tout, tout de suite, en moi, car, si je saisis votre raisonnement, c'est toujours le *vouloir* qui tient le premier rôle. Pour

1. Arthur Schopenhauer, *Le Monde comme volonté et comme représentation*, *op. cit.*, p. 394.

vous, il constituerait «la clé de l'énigme du monde» et la substance de l'homme. À vous croire, nous nous méprenons lorsque nous imaginons être l'auteur de nos désirs. Et si, comme vous l'affirmez, le libre arbitre n'existe pas, nous ne choisissons pas de vouloir ce que nous voulons puisque notre volonté, intégralement déterminée, nous dirige comme des pantins.

Si je vous suis plus avant, prétendre que le monde est notre volonté et notre représentation suppose que jamais nous n'accédons au réel. Le monde se réduit en fait à ce que j'en perçois, à ce que m'en livrent les sens et l'intellect. Mais l'expérience intime de mes désirs, de mes envies, peut m'apprendre que l'essence de l'univers est à chercher dans le *vouloir*, pulsion absolue, infinie et vorace qui imprime partout une tension permanente et fait de nous des êtres de volonté.

Que puis-je concrètement en tirer? Je comprends d'abord que je réduis le monde à ma volonté en jugeant tout à l'aune de mes désirs et de mes convictions, à telle enseigne que ce qui m'agrée est bon, bénéfique, heureux, favorable, et ce qui me contrarie mauvais, inutile, nuisible. Je conçois aussi que tout dépend du regard que nous portons sur la réalité. Vous dites à ce sujet que pour qui a dans la bouche un goût de fiel, même le vin le plus délicat perd tout son charme[1]. Vous prenez encore l'exemple d'un beau paysage que vient gâcher le brouillard. Que de brumes interdisent de jouir du monde! Elles se nomment préjugés, avidité, tristesse, craintes, mécontentement, dégoût de soi, égoïsme et lassitude.

Oui, la lassitude ou la déception peuvent succéder à la lutte. Et je me surprends à lâcher parfois un: «Tous ces efforts pour ça!» Le *vouloir* exige perpétuellement du nouveau et rien ne le contrarie davantage que la routine.

---

1. Id., *Aphorismes sur la sagesse dans la vie*, *op. cit.*, p. 9.

Il nous plairait que le temps apporte à chaque instant un fruit. Et bien qu'il nous le prodigue, dans notre empressement, nos yeux ne savent le découvrir. Nous n'avons pas la patience d'attendre qu'arrive la récolte tant notre avidité, en réclamant son dû séance tenante, ne souffre aucun délai. De même, je remarque qu'une modalité du *vouloir* déconsidère systématiquement ce qui se présente et, en dénigrant la réalité, nous entraîne sans relâche vers un ailleurs. Mais si le constat peut atterrer, il me réjouit, car je prends conscience de l'inévitable insatisfaction du *vouloir-vivre* et entends désormais sauver mes forces pour les diriger vers le possible, l'essentiel, ce qui reste disponible. Surtout, je ne veux plus les dilapider dans un combat perdu d'avance.

Vous m'ôtez une exigence redoutable et vaine: je n'assouvirai jamais le *vouloir* absolu qui me tiraille. Mais en abandonnant l'illusion de rassasier définitivement une faim qui brigue l'absolu, la stabilité, bref qui demande tout, j'accueille ce qui vient dans l'imparfait du présent.

Quand un souhait se lève, je m'applique à m'interroger sur sa véritable origine, car je crois, avec Spinoza, que le désir est l'essence de l'homme et qu'il s'agit de composer avec lui, de le délivrer. Je sais que, pour vous, l'individu s'apparente plutôt à une marionnette dont les ficelles seraient tirées par le *vouloir-vivre qui veut en lui*. Et, souvent, je me comporte bel et bien comme un automate. Dès que se fait sentir un appétit, je m'empresse de le satisfaire. Après coup, je m'aperçois qu'il m'a été dicté par l'extérieur, par le regard de l'autre, la peur, la comparaison… J'agis alors pour compenser un manque et non pour me réaliser dans une action pleinement choisie.

En examinant l'ardeur de la volonté, je me suis avisé qu'elle est attisée par l'importance démesurée que je concède à mes envies. Je crois naïvement que, si je les réalise, je me rapprocherai du bonheur. Dès lors, je me jette dans une aventure sans jamais éprouver une véritable satisfaction. Et la réalité me paraît fade en proportion du résultat escompté. Il me plaît pour ne pas en rester aux symptômes de repérer les jugements qui se cachent derrière mes désirs : si je considère qu'un château est indispensable à la félicité, je ne la trouverai pas. Si j'impose au bonheur des conditions qui ne dépendent pas de moi, je me destine à une âcre déconvenue.

Si j'ai à l'excès ligoté mon bonheur aux défis, aux progrès, j'aimerais maintenant établir le centre de gravité en moi et non dans des chimères. Le vouloir plus, la volonté de progresser, je le sens bien, habitent toujours le cœur de ma vie. Mais ces complices risquent de devenir tyranniques s'ils n'occupent pas leur juste place. En multipliant de dérisoires projets, nous étouffons la vie tout en justifiant notre mal-être : « Quand je serai comme les autres, je serai heureux. » Mais la disparition des manques, l'absence de souffrance ne tiennent même pas lieu de bonheur puisqu'ils ne sauraient être qu'une pure négation. Où donc trouver le bonheur ?

Bonheur vertical

Mais un de vos concepts a doucement modéré ma dispersion. Vous indiquez que l'horizon représente ce qu'un individu désire[1] : la perspective du pauvre n'est pas celle d'une personne hors du besoin. Le malade tend vers la santé avec ténacité. Le chômeur recherche assidûment du travail… Hélas, notre infortune veut que, sans cesse, l'horizon se déplace. Une fois la chose convoitée acquise, il recule. Pire, il semble que, plus nous le poursuivons, plus il fuit. Et j'entends avec vous Lucrèce : « Et qu'est-ce

---

1. *Ibid.*, p. 31.

donc, enfin, que ce si grand désir funeste d'être en vie qui nous force à trembler si fort quand nous doutons de l'issue des dangers ? La vie, pour les mortels, a une fin donnée qui devant eux se dresse, il nous est impossible d'éviter le trépas. Au reste, nous tournons en rond au même endroit sans jamais en sortir, et vivre ne nous forge aucun nouveau plaisir. Par contre, aussi longtemps que quelque chose manque à notre ardent désir, cette chose nous semble supérieure à tout; et, lorsque nous l'avons, notre désir ardent se porte sur une autre, et une égale soif de vivre nous possède, et nous restons ainsi, toujours, bouche béante[1]. »

Nous sommes entraînés dans la poursuite effrénée d'une impossible satisfaction, de cet inaccessible idéal que nous opposons à nos manques... À présent, je prends conscience du caractère fugitif de mes projets et, loin de sombrer dans le pessimisme, m'en réjouis, car j'entrevois la possibilité de m'en dégager. Naguère, presque automatiquement, chaque matin, je me suis levé, j'ai enfilé mon pantalon, fermé mes chaussures pour foncer dans la réalisation de mes rêves. Maintenant, il est temps de marquer une trêve pour m'interroger sur mes véritables désirs. Qu'est-ce qui est fondamentalement un bien pour moi ? C'est avec finesse que Spinoza évoque à ce propos l'utile propre: « J'entendrai par bien ce que nous savons avec certitude nous être utile[2]. » Spinoza me suggère ici le moyen de libérer une volonté prisonnière de ses caprices, ses ambitions et ses esclavages pour la rediriger vers ce qui peut réellement épanouir notre être.

---

1. Lucrèce, *De la nature des choses*, III, 1080-1094.
2. Baruch de Spinoza, *Éthique, op. cit.*, IV, définition I.

La conversion du vouloir

À mes yeux, il ne suffit pas, pour écarter le malheur, de ne pas demander à être très heureux, ni de ne plus vouloir. Non, je ne crois pas que nous accédions au bonheur, ou plus humblement à la joie, par renoncement. Et si nous l'atteignons jamais, c'est en nous dépouillant de ce qui entrave sa venue. Je crains que le *désir* d'abolir toute volonté ne soit, outre le paradoxe, que l'expression de son extrême durcissement. Je souhaite plutôt bâtir une voie du milieu en me gardant de prendre refuge dans l'ascétisme. Plus sobrement, j'entends convertir mon vouloir. Mais peut-être est-ce encore un défi que je me lance pour fuir l'ennui ? Peut-être.

Pour réduire sa tyrannie, je peux suspendre pour un temps la lutte, car, je l'ai dit, le combat fortifie le *vouloir*. Même si, pour ne plus souffrir, j'ai aussi été tenté de me priver du désir, je m'emploie maintenant à le purifier pour que, émanant de moi, il cesse d'être intégralement déterminé par les circonstances. Souvent, amusé, je m'observe : le téléphone sonne et voilà que je me précipite sans aucune délibération. Par quoi suis-je alors mû ? En règle générale, quand une tension me tiraille, je souhaite m'en débarrasser au plus vite. Et, docilement, j'applique le principe de lord Henry dans le roman d'Oscar Wilde : « La seule façon de se débarrasser d'une tentation, c'est d'y succomber[1]. » La volonté *veut* et, toutes affaires cessantes, je lui obéis au doigt et à l'œil. L'étendue de notre servitude n'a pas fini de me surprendre et je devine tout ce que la publicité peut retirer du *Monde comme volonté et comme représentation*.

---

1. Oscar Wilde, *Le Portrait de Dorian Gray*, chap. II.

Bons appétits !

Parfois, je cesse d'alimenter le *vouloir*, réussissant même à le regarder avec humour. Lorsqu'il me donne un ordre par trop aliénant, fermement je lui rétorque: «Tu voudrais me lancer dans ce nouveau périple, me voir traverser les océans, déplacer les montagnes, mais je suis bien là où je me trouve. Tu peux rugir, crier, exiger, hurler. Je ne serai pas ton esclave ! » Pour déconstruire mes appétits, je me penche également sur ce qui leur confère autant d'importance. Tour à tour, je démasque alors l'inquiétude, l'ambition, le besoin de plaire, la convoitise… bref, une foule d'attentes qui m'exilent de moi-même et me plongent dans l'insatisfaction. De proche en proche, en examinant ce qui m'agite, je parviens à replacer l'origine du désir à l'intérieur de mon être.

Je crois alors assister à la libération d'une sobre volonté qui ne s'épuise plus dans la recherche d'un repos complet, d'un désœuvrement absolu. Comme la cessation du désir, tout cela n'est qu'un fantasme du *vouloir-vivre*. Cette volonté, ainsi réenvisagée, cesse de fuir l'ennui et, paisiblement, me dispose à descendre en moi-même pour forer et creuser. Et si une lassitude advient, ce n'est pas un drame ni un problème. Sans résister, je m'accorde quelque instant avec elle.

Porté par cette volonté dépouillée, mû par une aspiration à la joie, je peux commencer à abandonner par degrés mon regard consommateur. Lorsque, durant de courtes trêves, je le suspends, je perçois que je suis une partie de la nature et n'exige plus d'elle qu'elle serve tous mes projets. Et même si vous déclarez que «la vie est une affaire dont les revenus ne couvrent pas les frais[1] », je ne peux vous suivre, car

---

1. Arthur Schopenhauer, *Le Monde comme volonté et comme représentation*, *op. cit.*, supplément au livre II, chap. XIX («Du primat de la volonté»), p. 944.

pourquoi voulez-vous que l'existence *rapporte* ? Nous la rétrécissons en la considérant sur le mode de la perte et du profit. Sommes-nous les meilleurs juges pour décider où il y a gain ? Et s'il y en a un, ne découle-t-il pas d'abord de la façon d'apprécier nos échecs ?

C'est vous qui m'avez rappelé que tout dépendait de notre *qualité de conscience*[1]. Si c'est vrai, alors les yeux qui contemplent le monde peuvent découvrir la nouveauté que revendique le *vouloir*. Votre *Journal de voyage* témoigne, à cet égard, d'une fine sensibilité qui s'émerveille des beautés de la nature, d'un amour qui compatit à la douleur des condamnés à mort, à la misère des bagnards. Ainsi pouvons-nous considérer le quotidien avec un esprit neuf, chaque jour vierge.

Il me plaît ici de vous rapporter une drôle d'expérience. Si vous appréciez la marche à pied et les bains dans le Main, je ressens un vif plaisir à me balader sur mon vélo à trois roues au bord du lac Léman. Je m'y exerce à la contemplation. Jadis, le *vouloir-vivre* avait installé un compteur sur le guidon. Celui-ci me poussait à accomplir des prouesses, à entrer en compétition avec moi-même. Au bout du compte, je me suis épuisé à repousser de folles exigences. Pourquoi devais-je atteindre un nombre déterminé de kilomètres et ce le plus prestement possible ? Sans me réjouir, j'ai donc mesuré mes efforts journaliers, mais jamais le score ne me satisfaisait.

Or, depuis peu, j'observe la nature et, pour savourer sa beauté, j'ai arraché le compteur. Le croiriez-vous, j'essaie d'être le plus lent possible. Certes, il s'agit peut-être toujours d'une compétition et je ne sors sans doute pas du jeu de la volonté. Cependant, il est des activités qui harassent; d'autres qui épanouissent et engendrent un bien-être, un sentiment de plénitude : désormais je

---

1. Id., *Aphorismes sur la sagesse dans la vie, op. cit.*, p. 9.

m'arrête et prends *mon* temps. Je me retire d'une logique de consommation. L'ennui me côtoie un peu, puis il me laisse. Progressivement, le rôle de la finalité, le règne des fins n'occupent plus la première place.

Sur mon tricycle, et en maintes autres occasions, je goûte un peu de paix et abandonne l'espoir de changer toute ma vie. Je sais qu'une telle aspiration provient d'un *vouloir* total, affamé. Sans me comparer à autrui, je pars d'où je suis, reconvoquant avec une fragile liberté un instrument précieux de mon existence, la volonté. Grâce à elle, j'essaie sans m'y accrocher de découvrir dans chaque heure une joie, car, vous avez raison, la joie reste l'argent comptant du bonheur[1]. Elle aide qui la savoure pleinement à assumer les inévitables insatisfactions. Mais l'homme peine à la ressentir *à fond*. Et vivant à moitié, il gâche son allégresse en songeant au malheur. J'apprends tout simplement à apprécier.

Et alors ?

Le manque et l'ennui m'accompagneront peut-être jusqu'à mon dernier souffle. Et alors ? Bien sûr, de même qu'il rejette les mille et une imperfections du jour, le *vouloir-vivre* se cabre devant cette perspective. Toutefois, une volonté affranchie me propose de cohabiter avec la béance qui mourra sans doute avec moi. Au fond, ce n'est pas l'impossibilité d'un bonheur sans ombres qui nous rend malheureux, mais notre difficulté à accepter joyeusement qu'il en aille ainsi.

Cher Schopenhauer, je ne vous connais que trop peu. Ne prenez pas ombrage si, une nouvelle fois, votre philosophie a été outrée, tronquée. Avec un philosophe, nous

---

1. *Ibid.*, p. 10.

encourons toujours le risque de passer diamétralement à côté de sa pensée. Avec vous, je l'ai pris. La lecture partielle de votre œuvre, en pointant si justement les raisons de mon mal, fut l'occasion d'une réflexion intime. Loin de moi l'idée de vous interpréter.

J'ai simplement à cœur de témoigner au «pessimiste de Francfort» ma gratitude. Jour après jour vous me permettez de me dégager d'un esclavage qui demeurait moins clair avant vous. Mais, surtout, vous m'incitez à reconsidérer les humbles bonheurs que je ne savais plus apprécier car «les grandes douleurs font taire les petits ennuis, et réciproquement, en l'absence de toute grande douleur, les plus faibles contrariétés nous tourmentent et nous chagrinent[1]». Si je ne partage pas votre amertume, je vous dois de nombreux outils.

Merci et bon repos.

A. J.

---

1. *Ibid.*, p. 399.

À Dame Philosophie

Ma bonne amie,

En songeant aux raisons qui m'ont détourné de toi, je me suis avisé que bien des fois je t'ai caricaturée. À présent, je veux revenir vers toi pour m'interroger : qu'est-ce *philosopher*... pour moi ? Au cours de notre premier face-à-face, tu m'as dispensé des outils, une méthode. En réveillant mon esprit, tu m'as invité à regarder le monde autrement, avec méfiance, soupçon, mais surtout émerveillement. Tu m'as dépeint, lors du voyage, les vertus de la précision, l'élégance des nuances. Alors que je me pressais de répondre à tes demandes, tu avais coutume d'en appeler aux sceptiques qui suspendaient leurs jugements. Et quand je t'assenais mes théories, avec exigence, tu me faisais définir chacun de mes termes. Tu prétendais que la justification est la monnaie d'échange du philosophe et qu'il fallait dès lors présenter les raisons de ses convictions. Immodérément, je m'abritais dans le pathos, et alors, sans t'apitoyer, tu me rappelais que l'anecdote ne justifie rien et que mieux vaut élever son point de vue plutôt que d'abaisser la question à soi. Sans me lasser, tu répétais que la philosophie est un exercice de rigueur et de libre pensée.

La peur d'être soi, ou comment on devient un étrange volatile

Aujourd'hui, je dois te l'avouer, j'ai peu à peu mis tes outils au placard pour me réfugier derrière l'autorité des *grands*. Serais-je devenu un perroquet docile qui récite scrupuleusement sa leçon ? Comme je l'ai évoqué dans la lettre à Schopenhauer, je me suis cent fois dissimulé sous des citations tout en essayant de briser les apparences et passer pour un autre.

Je souhaite t'envisager sans ces doctes détours et me départir quelque peu de l'encombrante tutelle de mes illustres inspirateurs. C'est pourquoi est née cette correspondance qui, je l'espère, me permettra de considérer ce que je dois à ces esprits nourriciers, pour oser bâtir une réflexion propre. Oui, je leur ai emprunté une vision de la philosophie qui a fini par m'éloigner durablement de mon quotidien.

J'entends donc me débarrasser de la gravité qui paraît t'entourer. Ainsi, de mornes âmes, érigeant le sérieux en vertu et prohibant rire et plaisanteries, réprouvent en ton nom les futilités et le divertissement. Heureusement qu'avec Spinoza et bien d'autres tu reprends place dans les plaisirs raffinés et prodigues force jubilation. Érasme, déjà, fustigeait avec finesse les stoïciens dont la morgue aurait tué la vie.

J'ai aussi sombré dans ce travers lorsque, en découvrant *ton* monde, j'ai bêtement souhaité que tout participe à mon édification. Aussi, le croiras-tu, alors que pour la première fois on m'invitait à boire un verre dans un estaminet, j'ai rétorqué : « Pour quoi faire ? » Je n'avais pas l'audacieuse simplicité de m'octroyer un moment gratuit, un de ces instants exquis où, pour changer les *idées*, nous flirtons avec la *doxa*.

Même si tu m'as aidé à me dégager de quelques préjugés, j'ai fini par m'identifier au rôle du philosophe et
j'ai craint de perdre cette réputation. Les lecteurs qui
m'approchent sont surpris de trouver un esprit espiègle
qui t'honore singulièrement. Je n'entre pas dans l'image
qu'on se fait de toi. Tu t'étonnes que je tienne au titre de
philosophe ? Je m'y cramponne, car il vient nuancer une
autre étiquette qui pèse sur moi. D'autant qu'à mes yeux
il n'a rien de prétentieux puisque ce terme désigne avant
tout celui qui *aime la sagesse*.

Voyager incognito...

Au sujet de mes espiègleries, je ne crois pas te manquer de respect en affirmant que tu ne constitues pas
l'*alpha* et l'*oméga* de la vie. Tu es une fort belle manière
de l'envisager, cependant il en existe d'autres... C'est
ainsi que mes parents, sans connaître Kant, ni Platon ou
Heidegger, sans lire aucun de tes livres, ont démontré
que l'on pouvait être heureux autrement. Libres d'encom-
brantes références, ils ont, avec virtuosité, sculpté leur
existence. Mais auraient-ils noué avec toi un lien bien
plus subtil ?

Qui osera contester que tu œuvres aussi dans une foule
d'esprits, hors des écoles, des universités ? Pourquoi ne
planerais-tu que dans un ciel platonicien ? Pourquoi ne
t'accommoderais-tu point de nos imperfections ?

Ma bonne amie, nous t'avons désincarnée, idéalisée.
À cet égard, je préfère les philosophes morts et, partant,
irréprochables... Cela m'évite de me demander comment
mes chers Épicure, Boèce, Montaigne ou Spinoza...
m'auraient accueilli.

Si certains te portent aux nues, beaucoup te dénigrent :
tes détracteurs ont beau jeu de faire appel à Socrate ou

à Thalès de Milet pour prouver que tes fidèles sont de bien piètres citoyens, inadaptés dans la vie quotidienne. Comme toi, sans doute, je m'irrite lorsque, pour la centième fois, je lis que Thalès de Milet, tout occupé à observer la voûte céleste, a sombré dans un puits[1]. Tes contempteurs gardent un coupable silence sur les trouvailles du sage Ionien. Qui sait qu'il a rapporté d'Égypte la géométrie, découvert les propriétés électriques de l'ambre, annoncé une éclipse solaire ? Pour un pataud, Thalès est plutôt efficace puisqu'il aurait même, pour permettre le passage d'une armée, détourné le cours d'une rivière.

L'esprit ailleurs

Mais s'il est vrai que tes ennemis trouvent maints prétextes pour te brocarder, tu avoueras que les philosophes t'ont, à l'occasion, joué de mauvais tours. Comment ne pas tancer les théoriciens du concept et leurs drôles d'obsessions ? Que dire de tes serviteurs qui se gâtent dans de sinistres tours d'ivoire ? En se réfugiant derrière leur jargon, en pesant tout à la dernière rigueur, à n'en pas douter, ils te défigurent.

Ces trop habiles raisonneurs apprécient-ils encore la vie, prennent-ils toujours du plaisir dans le commerce de leurs semblables ? N'oublient-ils pas que la philosophie procède de l'amour ? Si celui-ci ouvre et libère parfois un esprit, il peut, lorsqu'il devient exclusif, enfermer dans un fanatisme. Pour mieux t'aimer, je désire donc te chercher partout, dans la rencontre, le sourire d'un enfant, les promenades, le théâtre, la littérature.

---

1. Diogène Laërce, *Vies et doctrines des philosophes illustres*, *op. cit.*, livre I.

Rabelais, compagnon de la libre joie

Voici peu, je suis tombé sur Rabelais. Ses extravagances m'ont considérablement rapproché de toi. Derrière la paillardise, il instille, à sa manière, une sagesse féconde. J'ai ri de l'entendre parler de savoir en badinant. Tu apparais là où on t'attend le moins, dans un univers foisonnant, peuplé d'épais et guillerets bonshommes. Gargantua développe une véritable philosophie qui nous restitue toute notre humanité et, luttant contre tout ce que sécrètent la bêtise, l'ignorance ou la prétention, œuvre à la paix.

Les héros rabelaisiens dessinent à leur façon mille possibilités de décliner le *métier d'homme*. Le sagace Gargantua m'oblige à jeter un regard libre de culpabilité sur le corps et la vie. J'ai jubilé en découvrant ce qui atteste la merveilleuse intelligence de ce sacré gaillard. Quel signe vient la certifier ? La connaissance des langues classiques ? Nullement. Son érudition ? Pas davantage. Sa diplomatie à résoudre la guerre contre l'abominable Picrochole ? Peut-être, mais, avant tout, c'est dans sa manière de se «torcher le cul» qu'il la démontre[1]. En bannissant toute solennité chagrine de son discours, il confirme hardiment que tu évolues bel et bien hors des sentiers battus et ne te réduis pas à quelques portraits empoussiérés de nos histoires de la pensée.

Mieux encore, Rabelais me réconcilie avec mon être. Il faudra que je t'en parle un jour. Sache déjà que sa prose évacue la fausse pudeur ! Tu ne t'imagines pas son écho. En te suivant, j'avais oublié le corps, parfois si lourd, qui déclenche la moquerie. Il a été tentant de le nier et de me consacrer exclusivement à l'*âme*.

---

1. Je me réfère au chap. 13 de *Gargantua*, Seuil, coll. «Points», 1996, qui de belle manière te célèbre.

Avec mon rieur d'humaniste, je suis fermement rappelé à l'ordre, et c'est pourquoi je ne résiste pas à la tentation de t'envoyer les propos de l'*abstracteur de quintessence*. Quel plus beau prélude, en effet, à ma lettre à Érasme ? Si je me pose encore la question *qu'est-ce que philosopher pour moi* aujourd'hui, j'ai quelque amorce de réponse.

Tu connais désormais mes difficultés à définir une philosophie pour temps de paix. L'ennui n'est pas le seul à troubler mon repos. Je dois affronter la peur, l'angoisse de perdre ma chance. Malgré Boèce et Épicure, je ne parviens pas à libérer mon esprit. J'ai espéré, en m'approchant de l'auteur de l'*Éloge de la folie*, découvrir quelque autre moyen pour m'en délivrer.

À bientôt. Et, comme promis, parole à Alcofribas Nasier :

« Oh ! dit Grandgousier, que tu es plein de bon sens, mon petit bonhomme ; un de ces jours prochains, je te ferai passer docteur en gai savoir, pardieu ! Car tu as de la raison plus que tu n'as d'années. Allez, je t'en prie, poursuis ce propos torcheculatif. Et par ma barbe, au lieu d'une barrique, c'est cinquante feuillettes que tu auras, je veux dire des feuillettes de ce bon vin breton qui ne vient d'ailleurs pas en Bretagne, mais dans ce bon pays de Véron.

« – Après, dit Gargantua, je me torchai avec un couvre-chef, un oreiller, une pantoufle, une gibecière, un panier (mais quel peu agréable torche-cul !), puis avec un chapeau. Remarquez que parmi les chapeaux, les uns sont de feutre rasé, d'autres à poil, d'autres de velours, d'autres de taffetas. Le meilleur d'entre tous, c'est celui à poil, car il absterge excellemment la matière fécale. Puis je me torchai avec une poule, un coq, un poulet, la peau d'un veau, un lièvre, un pigeon, un cormoran, un sac d'avocat, une cagoule, une coiffe, un leurre.

«Mais pour conclure, je dis et je maintiens qu'il n'y a pas de meilleur torche-cul qu'un oison bien duveteux, pourvu qu'on lui tienne la tête entre les jambes. Croyez-m'en sur l'honneur, vous ressentez au trou du cul une volupté mirifique, tant à cause de la douceur de ce duvet qu'à cause de la bonne chaleur de l'oison qui se communique facilement du boyau du cul et des autres intestins jusqu'à se transmettre à la région du cœur et à celle du cerveau. Ne croyez pas que la béatitude des héros et des demi-dieux qui sont aux Champs Élysées tienne à leur asphodèle, à leur ambroisie ou à leur nectar comme disent les vieilles de par ici. Elle tient, selon mon opinion, à ce qu'ils se torchent le cul avec un oison; c'est aussi l'opinion de Maître Jean d'Écosse[1].»

A. J.

---

1. *Ibid.*

À Desiderius Erasmus Roterodamus

Salut à vous !

Ouvrons les silènes[1] pour embarquer sur l'océan houleux de la peur ! Mon cher ami, j'ai à cœur tout d'abord de vous témoigner mon infini respect. Votre *Éloge de la folie* m'a ému, fasciné, inspiré. J'y admire votre sagace ironie, l'étendue de votre érudition, votre style enfin. Cependant, cette lecture m'a laissé des plus songeur. J'apprends au chapitre XXXV que les toqués, les timbrés, les innocents, les insensés ne connaissent pas la crainte de la mort. Et ne s'épouvantent pas davantage des maux à venir. Voilà qui n'est pas peu. Moi, qui n'ai eu de cesse de diriger mes regards vers les philosophes, vers les Cléobule de Lindos, Solon l'Athénien, Chilon le Lacédémonien, Pittacos de Mytilène, Thalès de Milet, Bias de Priène et Périandre, les Épictète, Marc Aurèle, Épicure, Diogène, Boèce, devrais-je m'accorder un petit tour chez les détraqués, les dingues, les cinglés, les maboules, les loufoques, les égarés, les chatouillés du cerveau, les sonnés, les déjantés ?

---

1. Érasme, *Éloge de la folie*, Mille et Une Nuits, 1997, chap. XXIX.

À *l'intérieur du silène*

Mais peut-on pareillement séparer les individus ? L'un des hauts mérites de votre Dame fut précisément de démontrer le contraire. Avec finesse, et non sans une mordante ironie, vous brisez les préjugés. Avant Nietzsche, vous *philosophez à coups de marteau*. Le Moyen Âge avait coutume de regarder la folie avec soupçon, sinon mépris. On percevait dans le fou un instrument du diable, le lieu où se déchaînent les passions, la débauche et le péché. Certes, il y avait aussi l'*insipiens*, l'innocent des Écritures qui n'a pas goûté au fruit de la connaissance et demeure à l'abri du vice. Cependant, l'œil inquisiteur rencontrait surtout sorcières et ensorceleurs s'abandonnant aux plaisirs mondains, pratiquant la magie ou accusant simplement quelque originalité.

J'ai naturellement songé à Dame Moria lorsque, dans un établissement psychiatrique, j'ai fait la connaissance d'un jeune homme. L'été battait son plein et, tandis que notre Peugeot arpentait les coteaux ensoleillés, deux compères écoutaient Bourvil qui chantait : « La tactique du gendarme, c'est d'être perspicace sous un p'tit air bonasse », paroles qui, paraît-il, s'appliquent assez bien à l'artisan de ces lignes. Un père nous avait conviés à *voir* son fils qui, au terme d'un tortueux parcours, avait été interné. Avec mon ami, je suis entré dans le bâtiment, les oreilles encore emplies de la douce voix de Bourvil. En reprenant conscience des douloureux processus qui peuvent mettre des individus à l'écart, j'ai cru pénétrer dans un autre univers. La méfiance peut reclure le fou ici, la personne handicapée là-bas, les vieux ailleurs. Ailleurs, loin du monde.

Puis nous est apparu un adolescent. Discret et sur ses gardes, il nous a placidement examinés. Plus tard, nous avons quitté l'hôpital pour nous asseoir sur un banc, et une superbe vue s'est offerte aux trois hommes. Devant un lac calme, les discussions ont roulé tandis que David se livrait. Alors, quand est passée une demoiselle, l'ami qui m'accompagnait s'est fendu d'une plaisanterie, qui a jeté trois garçons dans la contemplation des charmes de la nature: «Celle-là, elle a toutes les cartes pour me plaire!» David s'est esclaffé. Mais, soudain, il s'est hâté de vérifier autour de lui si personne n'avait relevé son rire. Lorsqu'on est prétendu *fou*, tout peut être interprété comme un symptôme supplémentaire qui avalisera la différence et confirmera définitivement un diagnostic.

Mais revenons à Dame Moria. Elle m'exhorte à ouvrir les silènes[1]. Cette sorte de boîtes d'allure grossière, sur lesquelles étaient dessinées des figures drôles et facétieuses, abritaient mille trésors et préciosités. On y enfermait des remèdes, des raretés. De même, Socrate cachait sous des dehors rustres et un brin lourdauds une fine sagesse. Il me plaît pour l'heure de partir à l'école de Dame Folie et briser avec elle les apparences pour me rendre au cœur de la réalité: derrière la bizarrerie ou l'extravagance se rencontrent, à l'occasion, une rare sagacité, une légèreté qui prend l'existence comme elle advient. À l'inverse, une sérénité de façade, si nous creusons, peut laisser apparaître l'effroi, les blessures, les tourments. Le croiriez-vous, l'homme qui vous écrit passe parfois pour un esprit calme et tranquille. Pourtant l'angoisse le ronge.

La peur reste sa familière et, de proche en proche, il doit apprendre à apprivoiser cette compagne qui lui arrache bien des joies. Même si les philosophes l'aident, le combat s'annonce plus épineux qu'il ne lui semblait. Maintes fois, au cœur de la nuit, je me suis entretenu avec

---

1. Platon, *Le Banquet*, *op. cit.*, 215*a*.

Dame Frayeur, tentant de comprendre ses astuces pour limiter son pouvoir néfaste.

J'ai à cœur de vous livrer ici le fruit de ces rencontres. Recevez donc, en gage de ma gratitude, ces quelques notes prises à la hâte alors que j'écoutais le propos de celle qui est encore trop souvent ma maîtresse. Si, en écrivant votre *Éloge*, vous avez avant tout cherché à vous divertir et à y exercer votre style qui éclate de toutes parts, les lignes qui suivent ont l'unique ambition d'apporter un peu de paix à celui qui essaie de dessiner à grands traits l'adversaire qu'il combat jour après jour.

Cher Érasme, je vous souhaite mille plaisirs.

A. J.

*

Dame Frayeur me tint à peu près ce propos :

La race humaine est perpétuellement soumise à mon empire. Partout, Damoclès essaie de festoyer sous une épée. Connais-tu ce roi si pourvu par la Fortune que tout le monde l'enviait ? Un jour, ne tolérant plus l'extrême jalousie de ses sujets, il propose à l'un d'eux de prendre, pour un temps, sa place. Imagine un homme goûter les joies de la royauté, savourer les prérogatives du monarque, recevoir compliments et flatteries. Bref, il lui suffit d'ouvrir les bras pour récolter ce que l'univers a de meilleur. Le soir venu, le nouveau roi banquette. Sur la table se déploient les mets les plus délicats, les vins les plus rares, et des femmes à demi nues dansent pour son plus grand plaisir. Sa félicité est complète. Rien ne lui manque. Bientôt, tandis qu'il déguste un raisin bien mûr, il s'avise de contempler la scène. Il s'aperçoit alors que sur sa tête est suspendue à un fil ténu une épée qui menace son bonheur. À chaque instant ses délices peuvent disparaître.

Tous des Damoclès ?

Je vois la foule des hommes, comme Damoclès, adopter mille postures pour s'accommoder du danger qui les guette. C'est lui qui conduit le philosophe à se poser la question radicale : comment mener son existence sous l'épée ? La fragilité et la précarité de la condition des mortels les jettent dans mes bras : un père craint la mort de son enfant, un autre appréhende de perdre son travail. Cette femme se tâte chaque matin pour déceler les traces d'un mal, tandis que l'idée de rater sa vie ronge ce jeune homme. Je revêts d'innombrables formes : la frousse, la trouille, le petit trac qui précède une épreuve, la pétoche, l'effroi, la terreur, l'inquiétude, la crainte, la phobie, la hantise ou, pour me montrer plus moderne, le trouble obsessionnel compulsif, les attaques de panique, l'anxiété généralisée, l'épouvante. Cessons là ! Il ne se trouve que peu de gens qui n'éprouvent la *phobophobie*, la peur d'avoir peur. Aussi tentez-vous en vain de me fuir. Et plus vous essayez de me mettre à distance, plus je gagne du terrain. C'est une de mes forces.

N'es-tu toujours pas convaincu de mon omniprésence ? Observe autour de toi ! Voilà un *tératophobe* qui craint les monstres et un *kéraunothnétophobe*, qui perd la tête, tout occupé à contempler les nues pour éviter d'être là quand chutera un satellite. L'*apophatodiaphulatophobe*, un autre Damoclès, passe ses journées sur le trône parce qu'il appréhende plus que tout la constipation. Je vois sans cesse les *acarophobes* qui ne supportent pas la présence d'une mouche, d'un moustique ou d'une abeille. Je ne m'attarderai pas, il y aurait trop à dire, sur les *atélophobes*, il suffit de savoir que beaucoup redoutent l'imperfection. Aussi nombreux sont les *atychiphobes*, que l'idée d'un échec fait trembler. Comment pourrait-on guérir un *iatrophobe*, lui qui fuit à la vue d'une blouse blanche ? En veux-tu encore ? L'*ophiophobe* me doit sa peur des serpents. Le *trichophobe* hérisse les siens à la vue d'un poil, et l'hiver assombrit la mine du *chionophobe*, qui s'affole devant la neige. Même la religion m'a parfois aidée quand elle dessine les grincements de dents promis aux damnés. Elle fait mon jeu et les *stygiophobes* grossissent les rangs de ceux qui frémissent de se retrouver en enfer. Et, pour finir, j'évoquerai ceux qui ne sont rien sans moi, les *pantophobes*, qui s'effraient de tout.

Tu verras que, sans cesse, je contrains mes fidèles à lorgner vers l'avenir. Le présent ne m'intéresse guère. Aussi ceux que je possède jouissent d'une vue suffisamment avisée pour déceler le moindre signe qui annoncerait un hypothétique danger. De plus, je les astreins à ne retenir du passé que les mauvaises expériences, les traumatismes, les vieux réflexes, et à les généraliser. Si mon client a goûté une enfance tranquille, je le mets subtilement en garde : « Attention, réveille-toi ! C'est trop beau, ça ne peut pas durer ! » Crois-moi, très peu me résistent.

Si Dame Folie, en les délivrant de la lourdeur, de la tristesse, dispense sa suave euphorie aux mortels, je ne suis pas aussi magnanime. Au contraire, j'ai coutume de gâter tous les dons du ciel, de sorte que les philosophes font tout leur possible pour me mettre hors d'état de nuire. Ils usent de leurs subtils expédients en invitant, par exemple, mes innombrables victimes à discipliner leur jugement. Oui, j'adore m'immiscer dans leurs représentations et animer leur imagination. Parce qu'il dit que ce n'est pas la réalité qui nous trouble, mais les opinions qu'on s'en fait, Épictète devait sans doute bien me connaître.

Les ouvriers de la peur

Tu te demandes comment j'accomplis tant d'ouvrage. Très facilement : dans ma tâche, je dispose de serviteurs fidèles et zélés. D'abord, sache que la *folle du logis* me soutient sans défaillir, bien que parfois elle commette quelques menus écarts. Oui, il lui arrive de me dérouter lorsqu'elle dément par ses hypothèses abracadabrantesques mon pessimisme habituel. Mais je ne suis pas rancunière et ne crains pas ces rares infidélités. L'*exagération*, en grossissant tout, se montre encore plus appliquée. Grâce à elle, les peccadilles deviennent des montagnes, les petits bobos des maladies fatales. Bref, elle transforme la migraine passagère en symptôme de tumeur et son regard, très sélectif, trie habilement dans le réel tout ce qui peut me nourrir. C'est aussi elle qui précipite ma clientèle chez les médecins et contredit méthodiquement leurs dires. Elle s'ingénie à les faire passer pour des incompétents. En définitive, les docteurs me doivent beaucoup. Je trouve aussi de l'aide dans la *soif de sécurité* qui réside dans le cœur des hommes. Pour l'étancher, vous êtes prêts à tout. Mais quoi que vous entrepreniez, elle reste la plus puissante. D'aucuns l'ont bien compris et, ce faisant, ils se sont presque immunisés contre moi en acceptant que jamais ils ne puissent satisfaire un tel despote.

Je me régale également à contempler les prouesses de mes fidèles en lutte avec mon serviteur, le *mépris de l'incertitude*. Je les observe tout mettre en œuvre pour s'assurer que rien ne leur arrive. Jour et nuit, ils travaillent vainement à s'installer dans une impossible stabilité, à fuir le *doute*, un autre de mes familiers. T'ai-je raconté l'histoire de cette femme qui, par gros temps, se réfugiait dans son lit, tremblant que la foudre ne s'abatte sur sa maison? Ses amis la connaissaient bien mal puisqu'ils la priaient de se raisonner. L'un d'entre eux l'avait prévenue : «En calculant bien, tu as un risque sur un million d'être foudroyée. – Justement ! » avait-elle rétorqué. On ne sait pas assez que précisément je me nourris des «peut-être». Voilà pourquoi les statistiques me sont de profitables cadeaux, car j'invente toujours quelques aberrants motifs pour les rendre préoccupantes.

À *plus forte raison...*

Dame Folie n'a pas tort d'indiquer les limites de la raison. Elle fait bien de rapporter que l'intellect siège dans la tête, tandis que les passions règnent sur tout le corps[1]. Au fond, je tire bien des profits de ce combat inégal et me réjouis que le pouvoir de la raison reste très faible. Le prouvent, effectivement, les piteuses batailles où ma victime, divisée, lutte contre elle-même, se décourage et perd toute maîtrise. Effrayée devant ses démons intérieurs, en voulant les fuir, elle leur donne la première place. Dès lors, sur la peur se greffe la culpabilité. L'âme craintive se dévalue, s'accuse. Fiévreusement, elle cherche de l'aide et n'obtient que des «il n'y a qu'à», «il ne faut pas». C'est alors que j'accours profiter de l'aubaine.

Je me partage le monde avec Dame Folie. Comme elle, partout j'opère. Ce n'est pas à toi, mon ami, que j'apprendrai l'étendue de notre immense puissance. Érasme t'a montré, si je me souviens bien, qu'une douce

---

1. Érasme, *Éloge de la folie*, *op. cit.*, chap. XVI.

folie, qui n'est pas forcément coupable, parcourt l'univers. En cimentant la vie sociale, en terrassant ennui, solitude et dégoût de vivre, elle donnerait même à votre condition un certain agrément. Et la généreuse ne s'arrête pas en si bon chemin. Épaulée par la flatterie, elle permet aux amants de se rapprocher sans que la rancune, l'intransigeance ni la sévérité viennent troubler leur bonheur. Elle sait, avec Pascal[1], que si l'on connaissait les propos qui se tiennent derrière notre dos, peu d'amitiés subsisteraient. Du reste, pourquoi devez-vous dissimuler vos pensées à un véritable intime ? Je l'affirme, c'est bien à cause de la peur...

La partie la plus folle du corps...

Tant de chefs-d'œuvre, de découvertes géniales sont inspirés par la folie. Une délicieuse insouciance rassemble les hommes, les réconcilie en leur faisant vite oublier leurs petites imperfections. C'est bien grâce à Dame Folie que vous existez. Car, comme elle le relève[2] : quelle est la *chose* qui sert à propager les dieux et la race humaine ? Non, ce n'est pas l'oreille, ni le pied, ni même le cerveau qui peuplent la terre. Le doigt ? Pas plus. Est-ce le nombril ? Certes, non. C'est la partie la plus folle du corps qui accomplit ce prodige. Vraiment, vous devez beaucoup à la folie. Elle unit encore les amoureux et les pousse aux épousailles. À bien considérer, ne faut-il pas être aveuglé et un peu égaré pour s'engager dans le mariage ?

Cher ami, c'est sans doute elle qui, en te rendant plus léger, pourrait t'aider à sortir de tes tourments. Ah, si tu pouvais goûter à sa légèreté sans perdre le sens du

---

1. Pascal, *Pensées*, éd. L. Brunschvicg, 100, « Amour-propre ».
2. Érasme, *Éloge de la folie*, *op. cit.*, chap. II.

tragique qui t'habite, tu verrais même dans la brièveté de la vie, dans les joies passagères une invitation à t'abandonner davantage au présent.

Mais tu te crispes et résistes à Dame Folie. Tu la confonds avec la démence, la furie, l'aliénation. Elles engendrent effectivement les guerres. Et si le joyeux innocent ne fait pas de tort à une mouche, le dément méprise l'autre : ne pensant qu'à soi, il dévore ses congénères, guerroie, pille, viole, rançonne, dévaste, avilit, tue. En tous lieux, on déplore sa méchanceté.

Quand vous considérez le criminel comme dément, vous oubliez que moi aussi, j'œuvre en lui. Je réclame une part de responsabilité, car gageons qu'un homme dépourvu de craintes ne puisse à ce point sombrer dans la cruauté. Je ne sais si Socrate déraisonne lorsqu'il soutient que nul ne commet le mal volontairement. Moi, j'affirme que nul méchant n'est totalement libre de mes influences. Mais je m'égare et frémis à l'idée de donner une leçon de morale. Définitivement, je suis requise ailleurs.

Hors de soi

Érasme n'est pas aussi fou qu'il le prétend. Comme toi, il condamne, sans concession, la fureur qui n'engendre que souffrance. Justement, il lui préfère une douce folie qui, comme l'amour, porte l'individu *hors de lui* pour s'offrir au bien-aimé. Moi aussi, à ma façon, je contrains mes victimes à sortir d'elles-mêmes : en les assiégeant d'une foule de sinistres pensées, je leur intime l'ordre de fuir et sans cesse leur instille mes injonctions : « Vérifie ! », « Contrôle ! », « N'as-tu rien oublié ? », « Pourquoi te regarde-t-elle ainsi ? », « Ne sens-tu pas ce mal de tête qui dure depuis trois jours ? ». Sous mon emprise, le craintif devient son propre bourreau. Votre servitude fait mes délices. Et je ris de votre sérieux. Jamais vous n'acceptez vos faiblesses. Vous voulez jouer les sages, mais votre sagesse est bien fragile.

En chair et en os

Érasme se montre définitivement plus fin. Je devine qu'il suggère avant tout que le plus grand des mortels n'est pas celui qui n'a plus de défauts, mais celui qui en a les moins pernicieux[1]. Nous revenons constamment à ton thème favori : l'acceptation. Érasme célèbre l'homme dans toute sa complexité, un être *en chair et en os* traversé de désirs, de craintes, de contradictions et de passions. En les ramenant sur terre, je redoute qu'il souffle à mes peureux l'idée de suspendre la lutte. Personne ne me résiste s'il n'accepte simplement l'incertitude et renonce à tout maîtriser.

Tremblerais-je donc de voir mes craintifs de tout acabit mettre en question le bien-fondé de mes ordres ? Que ferais-je s'ils refusaient de m'obéir au doigt et à l'œil ? Et s'ils assumaient avec légèreté une vie qui comportera toujours quelques risques ? Le bon fou d'Érasme le sait bien. Il ne rechigne pas à cohabiter avec moi quelque instant. Il m'agace souverainement lorsque, cessant d'être mon esclave, il m'observe avec indifférence. Parfois, je le surprends même à me persifler. Quand, par exemple, je multiplie mes efforts et tente de le terroriser, il ne cherche plus à me contrer et je finis par m'épuiser. Alors, il se moque de mes injonctions, oublie mes mises en garde et reste sourd à mes cris. J'ai beau hurler, réclamer mon dû, exciter ma proie, je rencontre un regard tranquille, qui prend le temps de me contempler sans broncher.

---

1. *Ibid.*, chap. XIX.

Dame Frayeur vide son sac...

Néanmoins, j'ai plus d'un tour dans mon sac. Et lorsqu'une joie se présente, je me presse. Certes, je dois faire preuve d'originalité, car vous savez vous y prendre pour déjouer mes pièges. Très vite, vous repérez mes procédés et je cesse de faire illusion. Alors, redoublant de ruse, je parviens quand même à m'infiltrer subtilement dans les recoins de l'âme des craintifs. Et bien que certains arrivent parfois à me faire reculer, je ne baisse pas les bras aussi facilement. Vous pouvez me fuir dans la foule, tenter de m'oublier, je me rappelle subrepticement au souvenir des trouillards de tout poil. Je ris alors devant le spectacle de vos innombrables et inutiles tentatives de m'envoyer aux oubliettes.

Je te le répète. Ne cherche pas la sécurité hors de toi. Ne rêve pas d'un monde sans danger ni malheur... La vie n'a peut-être pas de sens. Et alors ! Goûte-la sans toujours attendre autre chose ! Libère-toi de cette exigence ! Perds ces illusions pour mieux jubiler devant le tragique ! Je crains que tu n'aies rien compris aux propos de Dame Folie. En badinant, elle vous dépeint les règles du jeu qui gouvernent notre univers. C'est en elles et non contre elles que vous devez vivre : « Si quelqu'un du haut d'une guérite élevée s'amusait à considérer le genre humain, comme les poètes disent que Jupiter le fait quelquefois, quelle foule de maux ne verrait-il pas assaillir de toutes parts la vie des misérables mortels ! Une naissance malpropre et dégoûtante, une éducation pénible et douloureuse, une enfance exposée à la merci de tout ce qui l'environne, une jeunesse soumise à tant d'études et de travaux, une vieillesse sujette à tant d'infirmités insupportables, et enfin la triste et dure nécessité de mourir. Ajoutez à cela cette foule innombrable de maladies qui nous assiègent continuellement pendant le cours de cette vie malheureuse, ces accidents qui nous menacent sans cesse, ces infirmités qui nous accablent tout d'un coup, ce fiel amer qui empoisonne toujours nos instants les plus doux. Sans parler encore de tous les maux que l'homme fait à son semblable, tels que la pauvreté, la prison, l'infamie, la honte, les tourments, les embûches, les trahisons, les procès, les outrages, les fourberies[1]…» Oui, son constat est dramatique. Mais, comme les fous sublimes d'Érasme, tu dois considérer les dangers, les misères en connaissance de cause. À ce propos, un de mes amis, fort extravagant, compare le bal de la vie à un banquet et précise: «Ce n'est pas parce que le repas prendra fin qu'il faut tirer la gueule au dessert.» Tout est dit ou presque! Le fou, à l'inverse du craintif, accepte qu'il n'ait guère de choix et survit bien.

Petit acharnement thérapeutique

Mais revenons à moi, ta chère Dame Frayeur. Tes philosophes me livrent un âpre combat en proposant un tas de postures que vous pouvez adopter sous l'épée de Damoclès. Tu sais, par exemple, que l'Antiquité opposait Démocrite, qui se riait de la déraison des mortels, à Héraclite, qui pleurait devant le spectacle piteux du monde[2]. Mes peureux pourraient vraiment puiser nombre d'enseignements auprès de l'enjoué d'Abdère. Bien sûr, je ne suis pas assez sotte pour ignorer que l'esprit des hommes évolue, change, et qu'il n'est pas du tout stable. À dire vrai, je me suis défaite rapidement de la croyance qui installerait d'un côté les sages et de l'autre les insensés.

---

1. *Ibid.*, p. 61.
2. Sénèque, *De la colère*, II, X, 5.

Et je vois bien des individus être semblables un jour à Démocrite, un autre à Héraclite. Entre le rire et les pleurs se dessinent toute la gamme des sentiments humains et les singularités de chacun : l'un en ne quittant plus l'épée des yeux perd tout appétit, tandis que l'autre évite de les tourner vers le danger pour multiplier les plaisirs. À peine un plat terminé, il se rue sur le suivant jusqu'au dégoût. Oui, partout je recrute mes clients. Vous vous mettez le doigt dans l'œil si vous croyez que je n'assombris pas les pensées du savant, celles de l'intellectuel. Non, je ne fais aucune distinction et mange à tous les râteliers.

Bien entendu, Sire l'Ennui marche moult fois sur mes plates-bandes. Comme moi, il pousse l'individu à se détourner de lui pour se précipiter ailleurs. Pascal et Schopenhauer, tes amis, ont fort bien décrit ce que l'âme ennuyée peut faire pour échapper au dégoût de la vie. Moi, je renonce à vous comprendre : je vois un aventurier qui traverse la mer sans le moindre tracas trembler de côtoyer ses semblables. J'entends un orateur discourir sans embarras devant les foules ; le même, une fois en tête à tête avec une femme, cherche ses mots. Et dire que l'homme ose se définir comme un animal rationnel !

Mais voilà que j'imite ma familière, l'*exagération*. Tout n'est pas si simple. Je ne te cacherai pas que chaque jour de nombreux esclaves me trahissent. D'ailleurs, il n'y a rien de neuf sous le soleil. Non, je ne pense pas que la philosophie, mon ennemie, serait née si je ne livrais pas un impitoyable combat contre l'espèce humaine. Pour vous soumettre à mon joug, j'ai beau jeu de vous rappeler que votre vie, précaire, est à la merci d'un virus, et que tôt ou tard vous perdrez tout. Lucrèce n'avait pas tort lorsqu'il voyait dans la peur de la mort l'origine de la multitude de vos craintes[1]. Il dit vrai. La guerre qui

---

1. Lucrèce, *De la nature des choses*, III, 35-93.

m'oppose aux inquiets est rarement frontale. Habilement, je réussis à dissimuler des frayeurs primitives derrière des frousses anodines. Docile, le peureux croit que, en écartant le danger infime qui le met dans tous ses états, il va se défaire de moi. Décidément, il me connaît bien mal : à peine aura-t-il éliminé le risque que je me précipiterai sur une autre occasion. Sache que qui se bat contre moi doit d'abord s'armer de patience et ne pas craindre les rechutes. Car je ne me laisse pas anéantir du premier coup. Comment pensez-vous pouvoir vous débarrasser en quelques semaines d'une maîtresse qui vous a accompagnés nuit et jour durant des années ? Et même si vous parvenez à calmer quelques petites phobies, si vous gagnez du terrain, il en faut davantage pour déraciner la peur originelle qui vous tourmente. Tu ne le rediras pas, mais ce qui me désarme, c'est que vous arrêtiez de lutter contre moi.

Je ne suis bonne qu'au combat et dès que s'éteint l'adversité, je perds toute mon emprise. Certes, je trouve toujours de nouveaux expédients pour instiller un peu de mon poison, toutefois son effet en est altéré. N'oublie pas qu'en prétendant qu'il y a du danger je joue d'illusions. Donc, quand vous cessez de me prendre tout à fait au sérieux, je perds patience, je m'étiole, je périclite, je m'use.

Remarques-tu que je ne te dissimule rien ? Je te vois si souvent à plat ventre devant moi que je ne crains pas d'agir au grand jour et, sans trembler, te livre mes secrets : c'est précisément l'idée de vouloir me terrasser une fois pour toutes qui me confère cette puissance. Pourquoi vos esprits sont-ils obsédés par la *peur de la peur* ? Pourquoi ne me tolérez-vous pas ? Tous les hommes connaissent la crainte, et parfois à juste titre. L'inquiet a raison de redouter les dangers véritables. Mais les choses se gâtent lorsqu'il ne distingue plus la peur, ce signal d'alarme naturel qui préserve des périls, de l'angoisse, fruit de l'imagination. La voilà, celle qui transforme les situations banales en cauchemars. La peur n'est pas à fuir, mais à éduquer. Épictète l'ignorerait-il en insinuant qu'« il ne faut avoir peur ni de la pauvreté, ni de l'exil, ni de la prison, ni de la mort. Mais il faut avoir peur de la peur[1] » ? Loin de moi cependant l'idée de sous-estimer cet effronté. Avec son artillerie lourde, il me donne du fil à retordre.

Les hommes qui me méconnaissent ont du mal à comprendre mes victimes. Donc, ils les blâment. Ils ne soupçonnent pas que, sous mon emprise, ma proie se replie sur elle et bientôt, éprouvant de la honte, se condamne et s'isole. Un cercle vicieux commence. Pour vous y précipiter, je me sers de ce que je trouve : blessures, désirs inavoués, complexes. Tout m'est profitable. Je fais mon miel des plus obscures réalités qui forment un individu. En côtoyant mes familiers qui ne peuvent rien me dissimuler, j'ai appris à sonder ces cœurs abîmés. Pourtant, rien ne m'est acquis. Et, bien que je vous connaisse, vous pouvez toujours m'échapper.

Remèdes stoïciens

Parmi les philosophes, les disciples de Zénon me mènent la vie dure avec leurs *remèdes de cheval*. Ils recommandent, par un retour sur soi, de décortiquer les points de vue que l'on porte sur le monde. Voilà qui est diablement pensé. Quelle mouche a piqué Chrysippe pour qu'il m'attaque si violemment ? Il indique que la maladie de l'âme, dont je suis souvent la cause, s'enracine dans une erreur d'appréciation. Je m'explique.

Si tu t'inspirais de Chrysippe, tu t'appliquerais à détecter derrière ta tristesse deux jugements. Le premier

---

1. Épictète, *Entretiens*, II, 39.

constate un fait: «Un voleur t'a dérobé ton tricycle», et le second statue sur cet événement en affirmant que tu dois t'en attrister. Mais la philosophie rationaliste de mon ennemi stoïcien ne m'effraie guère. J'ai trop fréquenté la race humaine pour attribuer un pouvoir aussi grand à la raison. Néanmoins, si le craintif commence à disséquer les représentations qui composent une angoisse, il pourrait bien prendre conscience que toutes ne sont pas fondées. Que ferai-je s'il doute quand je lui déclare: «Tu es en danger»? Pire, les stoïciens recommandent sans cesse de s'en retourner au réel pour éviter que l'esprit ne greffe sur la réalité des fantasmes dignes de faire trembler les plus téméraires. Sénèque souhaitait aussi me mettre des bâtons dans les roues[1]: il apprenait à son ami Lucilius qu'il y a plus de choses qui nous font peur que de choses qui nous font mal. Autrement dit, il prétend qu'il faut se garder d'exagérer, de se perdre dans le tourbillon infini de l'imaginaire. Mais tu connais comme moi les différents exercices spirituels que les philosophes anciens préconisent: se concentrer sur le présent, ne pas donner son assentiment aux idées qui ne sont pas justifiées, et blablabla et blablabla…

À maintes reprises, les disciples du Portique ont tenté de me détrôner avec leur sacrée discipline des représentations. Marc Aurèle en rajoute encore: «Ne te dis rien de plus à toi-même que ce que te disent les représentations premières. On t'a dit: "Untel a dit du mal de toi." Cela, elles te le font savoir. Mais: "On t'a fait du tort", elles ne te le font pas savoir[2].» Comment pourrais-je survivre si les hommes ne s'en tenaient qu'à la réalité? Bien sûr, il reste à me mettre sous la dent les menaces inhérentes à la condition humaine. Toutefois, moi qui dois tout ou

---

1. Sénèque, *Lettres à Lucilius*, *op. cit.*, XIII.
2. Marc Aurèle, *À soi-même. Pensées*, *op. cit.*, livre VII, 49.

presque à l'imagination, je me retrouverais dans de beaux draps si l'empereur suscitait une cohorte d'émules.

Mais, par bonheur, les médecines que dispensent les philosophes paraissent souvent si simples ou, au contraire, si abstraites que vous ne leur prêtez pas grande attention. Qui va vraiment prendre le temps de réévaluer sa situation, de revoir la manière dont il appréhende le monde ? Qui trouvera l'audace, au cœur de l'angoisse, de faire retraite en soi-même pour se remémorer les préceptes des Anciens ? Non, il s'en rencontre très peu qui suivent la recommandation d'Épictète enjoignant de scruter ses pensées comme un «veilleur de nuit», comme un «vérificateur de monnaie»[1]. Sache pourtant que, en considérant chacune de mes injonctions avec le zèle du douanier qui inspecte des marchandises, vous me mettriez à rude épreuve. Cependant, pour que la philosophie soit de quelque utilité, vous devez la pratiquer sans cesse. Il est heureux, à ce sujet, que vous ne fassiez pas très grand cas de la définition d'Épictète : «Qu'est-ce que la philosophie ? N'est-ce pas se préparer aux événements ? Ne comprends-tu pas que tes paroles ont le sens suivant : "Si je me prépare encore à supporter les événements avec calme, m'arrive ce qui voudra" ? C'est comme si on cessait de faire du pancrace parce qu'on a reçu des coups de poing[2].» Ne compte pas sur moi pour te livrer ici tous les moyens qui assureraient mon éradication. Tu en sais déjà presque trop.

Quoi ! Tu me supplies de poursuivre ? Eh bien, soit ! Sénèque n'a pas tout à fait tort de soulever la parenté qui existe entre l'espérance et moi. «Tu cesseras de craindre si tu as cessé d'espérer[3].» Plus tard, ton Spinoza bien-aimé ne dira pas autre chose : «Il n'y a pas d'espoir sans

---

1. Épictète, *Entretiens*, III, 12.
2. *Ibid.*, III, 10.
3. Sénèque, *Lettres à Lucilius*, *op. cit.*, V.

crainte, ni de crainte sans espoir[1].» Le maître de Néron (comme l'auteur de l'*Éthique*) a perçu que celui qui espère tremble du même coup de voir son projet échouer. Ils ont cent fois raison. Si vous abandonniez peu ou prou vos espoirs précis pour nourrir une confiance ouverte en l'avenir, vous ne me faciliteriez guère la tâche.

Épicure et ses opinions vides

Parmi mes adversaires, je reçois aussi de rudes coups des philosophes du Jardin. Épicure, en conviant à considérer la mort comme la cessation de toute sensation, ne m'a, hélas, pas épargnée. Comme les stoïciens, il a pointé les opinions vides dont je me sers pour créer mes fantômes. Mais je m'emballe, j'arrête ici. Dans mon élan, j'allais évoquer Cicéron, Lucrèce, Boèce, Montaigne, Nietzsche, toute cette bande qui me cause bien du tort. Toutefois les pires, ce sont sans conteste les pyrrhoniens – finement, ils me déstabilisent avec mes propres armes : paradoxalement, les effrayés doutent de tout, sauf de moi. Ils craignent que la foudre ne s'abatte sur eux ou qu'un satellite ne leur tombe sur la figure… En un mot, ils ne supportent pas la pensée qu'un risque minime puisse se réaliser… Et comme leur attention se focalise exclusivement sur les périls, ils gâchent les joyeux possibles que leur réserve l'existence. S'ils commençaient à mettre un peu en doute mes édits et leurs funestes certitudes, ils me compromettraient méchamment. C'est ce que pourraient leur apprendre les sceptiques.

En indiquant que le malheur des hommes provient de la *présomption* et de la *précipitation*, ils me font effectivement

---

1. Baruch de Spinoza, *Éthique*, *op. cit.*, III, proposition 50, scolie, et explication de la définition XIII des affects.

trembler. Ils dénoncent les esprits qui croient savoir, ceux qui jugent trop vite. Bref, ils désignent une large partie de ma clientèle. En leur interdisant d'ajouter un jugement sur un fait, ils se montrent encore plus radicaux que les stoïciens. Par exemple, lorsqu'un événement douloureux se présente, le sceptique s'abstient carrément de décréter qu'il s'agit d'un mal. Là où Chrysippe proposait de substituer une opinion fausse à une vraie, les philosophes qui doutent préconisent purement et simplement de suspendre notre assentiment. « Je ne sais pas ! »

Tu trouves mon exposé par trop allusif ? Rien de plus normal. Je cherche à brouiller les pistes. Mais puisque je te dois beaucoup, voici qui sera plus clair. J'ai connu un individu qui, dans sa jeunesse, a abattu un homme. Ce crime lui a coûté la prison. Or, il m'a confié avoir puisé dans le doute quelques forces pour attendre le verdict. Ignorant si la cour prononcerait la peine de mort, il a songé : « Je ne sais pas si c'est le pire. » Nous nous situons ici aux antipodes de la pensée positive qui exhorte à envisager le bon côté des choses. Il s'agit plus sobrement de s'abstenir de juger. Le sceptique refuse de statuer catégoriquement pour se rendre disponible à l'incertain. Cet autre usage du doute représente un méchant péril pour moi.

Un autre usage du doute

Une historiette t'éclairera peut-être mieux encore. Un vieux fermier pouvait compter sur son unique fils pour l'aider dans son labeur. Un jour, le garçon tombe de cheval et se brise une jambe. Alors que tout le village plaint le paysan, celui-ci rétorque : « Je ne sais pas si la chute de mon fils est totalement mauvaise pour nous. » Les semaines se succèdent et une guerre est déclarée. Les jeunes hommes sont requis par l'armée. Bientôt, les villageois jalousent l'enfant blessé qui, exempté, échappe à la bataille. La sagesse de son père ne commet pas d'écart et il persévère : « Je ne sais pas si c'est totalement bien pour nous. » Dans la joie comme dans l'épreuve, le vieillard s'abstient d'emprisonner le réel dans l'étroitesse de ses vues pour rester ouvert à ce qui advient. Sans s'opposer à la réalité, renonçant à la comprendre tout à fait, il a pressenti qu'en décidant ce qui est bon ou mauvais, nous nous rendons malheureux, nous accentuons les disgrâces.

Comme lui, celui qui doute se méfie de la prétention et de l'assurance. Lorsque nous enfermons notre félicité, nous récoltons le malheur. Je ris quand parfois j'entends que le bonheur, c'est d'avoir des enfants. Ne saisissez-vous pas qu'en ajoutant tout simplement un *peut-être* à vos énoncés, vous vous prémuniriez de bien des déceptions si la vie ne vous offrait pas l'*objet convoité* ? Si l'optimiste, tel qu'il est caricaturé, voit tout en rose, le sceptique refuse de se prononcer sur la couleur du monde.

Heureusement, il se trouvera toujours quelque mauvaise langue pour disqualifier ces philosophes. Tu connais la célèbre anecdote qui raconte qu'Anaxarque, le *pédagogue* de Pyrrhon, tomba un jour dans une mare[1]. Tandis qu'il s'agitait, Pyrrhon, disciple modèle, passa son chemin sans porter secours à son vieux *maître à douter*. Après tout, il n'avait pas à décider si la noyade était bonne ou mauvaise et, par conséquent, s'il devait intervenir. Je me réjouis de cette grossière caricature qui présente mes ennemis comme des illuminés de premier ordre et suis fort aise que cette image outrée fasse oublier que le doute peut devenir un instrument de liberté.

Les sceptiques pourraient aussi donner l'audace de se taire à ceux qui condamnent sévèrement les craintifs. Au

---

1. Diogène Laërce, *Vies et doctrines des philosophes illustres*, *op. cit.*, livre IX, 64.

lieu de les traiter de lâches, de poltrons, ils devraient au moins corriger leurs préjugés. Ils me connaissent mal pour juger de la sorte. Mais passons.

Les disciples de Pyrrhon forgent tout un attirail d'arguments, de *tropes*, pour vous disposer à la suspension de l'assentiment. Énésidème les mentionna le premier[1]. Vous les retrouvez aussi dans les *Esquisses pyrrhoniennes* de Sextus Empiricus, au livre I, chapitre 14. À leur sens, la diversité de l'univers devrait congédier les jugements qui tuent. Plus généralement, ils dénoncent la superbe des dogmatiques qui prétendent détenir la vérité. Pour toi, je consens à énumérer les principaux *tropes*.

Le sceptique observe d'abord la variété des êtres vivants : la ciguë qui envoie dans l'autre monde un Socrate engraisse une caille. De même, il souligne la différence qui règne entre les hommes : si tu considères les humains, tu constateras que certains supportent sans trembler la peine qui peut anéantir son *semblable*. D'où il apparaît qu'il est absurde de blâmer trop vite… Ajoute la pluralité des sens : une pomme est douce au toucher, acide au goût. Puis, maintenant, regarde-toi : ne changes-tu pas selon les circonstances ? Il te suffit de tomber malade ou de te lever de mauvaise humeur pour envisager le réel autrement. À bien réfléchir, si, parfois, tu le perçois comme dangereux, insensé, ne t'en prends qu'à ton regard. C'est lui qui colore les événements. Cesse donc de dire que l'existence est triste, mais plutôt : « Je ressens à l'instant de la tristesse. »

Permets-moi d'en douter !

La théorie des *tropes* nous rappelle que, selon la quantité, la propriété d'un élément diffère. Le vin, bu avec

---

1. *Ibid.*, 78.

modération, ragaillardit, tandis que, consommé avec excès, il te fait rouler sous la table. Sans compter qu'il y a des différences dans la relation qui unit ou sépare les êtres : tu n'adoptes pas la même attitude avec ton épouse qu'avec une inconnue. Enfin, pas tout de suite… Regarde également les diverses coutumes, les lois, les opinions, les conventions, elles reflètent des mentalités fort différentes. Où trouver la vérité quand tant de diversités habitent le monde ? Je te parais trop abstraite ? Pourtant, derrière cette batterie technique se cache une féconde incitation à ne plus s'enfermer dans la prison de tes *fausses* valeurs. Et l'appliquer fidèlement serait me tuer.

Mon ami, tu es habile. Tu m'as contrainte à me montrer moins trouble que d'ordinaire. Or, l'une de mes forces est d'avancer masquée pour que les âmes que je persécute ne sachent pas contre qui se rebeller. Avec moi, c'est d'habitude l'incompréhension générale. Oublie donc vite cette confession qui n'a que trop duré ! Oublie qu'une peur disciplinée reste un outil de la vie, un instrument de survie, un moyen de liberté !

Amicalement, je te suggère tout de même de ne plus te liguer contre moi. Lors de ma prochaine venue, entre plutôt en toi-même afin d'y puiser la force qui t'a sauvé de combats bien plus réels. Mais je sais trop qu'un ennemi imaginaire est plus effrayant, car il t'échappe.

Un dernier mot encore pour te rapporter ce que Jean Tauler, un disciple de Maître Eckhart, avait observé. Dans son sermon 35, il relate que les marins naviguant sur le Rhin, au milieu de grandes tourmentes, rentraient les rames, se réfugiaient au fond de leur barque et attendaient que prenne fin la tempête. Pareillement, vous pouvez cesser de me résister.

Salut !

À Dame Philosophie

Ma bien-aimée,

J'espère que les propos de Dame Frayeur ne t'ont pas chagrinée. Je n'ai pas voulu te cacher que la peur me déchire et me pousse vers toi. Sans l'angoisse, je n'aurais peut-être nul besoin de ton soutien. Aujourd'hui, je commence à accepter que tu n'aies pas réponse à tout et que je ne pourrai devenir quelqu'un d'autre.

Quand je flâne dans une librairie, il m'arrive de m'attarder sur les livres de philosophie en m'interrogeant sur les raisons de leur succès. Pourquoi tant de gens, et moi le premier, accourent vers toi ? Souvent, j'ai même craint l'imposture en songeant que l'on promettait l'impossible. Et il est clair, à mes yeux, que tu ne saurais nous arracher à cette vie. L'existence restera toujours tragique, avec son lot d'infortunes et d'échecs. Cependant, tu nous aides à oser la joie.

C'est donc la précarité de sa condition qui jette l'homme dans tes bras. Karl Jaspers repère les *situations limites*[1] qui, en nous rappelant à l'ordre, nous interdisent l'insouciance. Nous autres ne pouvons échapper

---

1. Karl Jaspers, *Introduction à la philosophie*, trad. J. Hersch, UGE, coll. « 10/18 », 1983, p. 18.

à la mort, à la souffrance, et, tôt ou tard, nous sommes contraints à la lutte. Ajoute à cela le sentiment de culpabilité, les aléas de la Fortune, la déception, et tu auras un bel aperçu des raisons qui peuvent susciter l'amour que nous te témoignons. D'où notre *tentation* à aspirer au bonheur, à la paix intérieure, à la tranquillité. Pour ma part, m'a longtemps charmé le doux mot grec d'*ataraxie*, cette absence de troubles dans l'âme, cette quiétude, bref cette sorte de félicité.

Le bonheur, et après ?

Mais qu'est-ce que ce bonheur ? L'étymologie qui signifie *bon présage*, *chance favorable*, achève ma perplexité. Car tu m'as démontré tout le contraire : non, la vie ne dépend guère des assauts du sort ni de ses largesses. Et si je suis entré en philosophie, c'est précisément parce que je m'imaginais que la béatitude était à conquérir. À cette fin, je me suis choisi quelques références. Sénèque m'a donné une première piste : la délibération permet de bien apprécier les moyens qui nous conduisent au souverain bien[1]. Avec lui, je me suis appliqué à considérer ce qui m'en rapprocherait. Aujourd'hui, *je m'efforce* paradoxalement de ne plus différer ma joie en désirant toujours autre chose. Ne m'as-tu pas appris que la félicité est une activité de l'âme ? Quand je m'étais acharné à me confectionner un *sort* favorable, tu m'as dérouté en affirmant que la véritable chance, c'est de composer avec sa malchance. Et c'est pourquoi, justement, tu incites à prendre soin de soi-même pour entrer dans l'*eudaimonia* des Grecs. Mot que je me risquerai à traduire par *bon état d'esprit* ou *conscience heureuse*. Pour nous établir

---

1. Sénèque, *La Vie heureuse*, Mille et Une Nuits, 2000.

en elle, la culture grecque recommandait que le philosophe s'adonne à l'*heautou epimelesthai*, au soin de soi, qui comprend, notamment, les exercices spirituels que redoute tant Dame Frayeur.

Il est, par exemple, profitable d'aménager, pendant la journée, une trêve pour revenir à soi. En somme, le simple examen de conscience que préconise le christianisme pourrait s'apparenter à cette retraite intérieure. Prendre le temps d'être à soi, c'est aussi consolider sans cesse cet état d'esprit qui ne saurait demeurer acquis une fois pour toutes. De même, dans la joie, convient-il de tout mettre en œuvre pour s'ouvrir totalement à elle sans résister. Oui, je résiste et la pensée qu'un jour tout cela finira m'accable.

Pour t'être fidèle, je désire ne plus fuir cette idée et l'affronter franchement. Oserai-je m'approcher de celle qui me fait encore trembler ? Tu recevras bientôt le fruit de cette confrontation.

Tous mes vœux t'accompagnent.

A. J.

À la Mort

À toi, salut !

Un jour, je ne serai plus. Cette évidence m'effraie encore. Avec toi, je souhaite ressentir pleinement ma finitude et, si tu me passes l'expression, tenter tant bien que mal *de vivre en mortel*. Congédions tout de suite la gravité qui se présente lorsque nous t'évoquons. Pour t'écrire, je partirai d'une anecdote. Sans doute te paraîtra-t-elle banale. Moi, elle me touche. Une mère vint consulter Gandhi pour lui demander d'exhorter sa fillette à ne plus se *goinfrer* de bonbons. Le sage, sans autre forme de procès, la pria de revenir trois semaines plus tard. Le temps écoulé, elles repassèrent. Et le Mahatma s'adressa à la petite pour l'encourager à moins manger de sucreries. Surprise, la femme interrogea le maître : « Pourquoi n'avez-vous pas dit cela lors de notre première rencontre ? » Réponse : « À l'époque, je mangeais moi-même trop de bonbons. »

Avec toi, je me garderai d'échafauder mille théories et t'épargnerai les conseils que je n'ai jamais suivis. Chaque jour nouveau, je suis vierge devant celle qui dangereusement s'avance à ma rencontre. Je ne prétends pas avoir réglé le problème. Simplement, j'essaie de vivre ce que tu trouveras en ces lignes. Mais, tu me le concéderas, j'ai du pain sur la planche.

Je ne te connais presque pas. Bien sûr, je me suis forgé une petite idée quand tu t'es approchée de moi pour m'arracher les miens. Je déplore tes manières, toi qui ravages tout autour de toi. La disparition des autres me force à songer à ton inéluctable venue. Mais l'anéantissement de mes semblables et ma propre fin, ce n'est pas tout à fait la même chose. Curieusement, je les envisage comme s'il s'agissait de deux problèmes radicalement différents.

Épicure et Lucrèce ont tout de même fini par me rassurer : au pire, la mort n'est rien pour moi, et « aucun malheur ne peut atteindre celui qui n'est plus ; il ne diffère en rien de ce qu'il serait s'il n'était jamais né, puisque sa vie mortelle lui a été ravie par une mort immortelle[1] ». Il est évident que je ne te rencontrerai jamais *en chair et en os*. Kant enfonce une porte ouverte, ou fermée plutôt, lorsqu'il déclare que la mort, nul n'en peut faire l'expérience en elle-même (car faire une expérience relève de la vie)[2]. Voilà une de tes particularités : tu détruis celui qui te craint, en ne laissant plus personne pour déplorer ce qu'il perd. J'ignore si tu anéantis tout l'homme. Une chose est sûre : tu réduis le corps en poussière. Pour le reste, à savoir s'il y a une destinée *post mortem* de l'âme, je ne peux que me taire. Je n'en sais rien.

La mort des regrets

Constamment, tu me rappelles mon impuissance en me mettant en face de ce qui, sans contredit, semble un échec définitif. Tôt ou tard, tu trancheras le fil de mes

---

1. Lucrèce, *De la nature de choses*, III, 879.
2. Emmanuel Kant, *Anthropologie du point de vue pragmatique*, Vrin, 1990, p. 45.

jours et terrasseras mes aspirations, mes projets et mes espoirs. «Il est mort trop tôt!» L'exclamation me montre l'amère réalité du regret. Derrière le cri, la révolte d'un vivant, se dissimulent mal les demandes, les rêves, les promesses qui, par ta faute, demeureront à jamais irréalisés. Te représentes-tu la douleur, la souffrance, l'extrême chagrin que tu infliges à l'humanité? Je sais que le mort se moque comme d'une guigne des attentes que tu trahis. Mais songe à ceux qui restent, ceux que, sans scrupules, tu amputes. Seuls persistent les souvenirs, la nostalgie ou la gratitude. Non, je ne me console pas en pensant que le regret comme l'espérance sont l'apanage de ceux qui respirent.

Et je tremble à l'idée que tu me voleras la vie. La nuit qui, avec le sommeil, semble t'anticiper, me plonge dans la méditation. Parfois, ne désirant presque rien d'autre, je bénis les joies de la journée. D'autres fois, je m'insurge et déplore que tant d'efforts se briseront contre l'inévitable, que je me perdrai et, avec moi, tout le reste, et je te maudis durant ces heures glaciales. Mais pourquoi t'évoquer au futur?

Déjà mort?

Heidegger m'a appris que tu es sans cesse là comme possibilité. L'homme demeure effectivement «un être pour la mort» *(Sein zum Tod)*. Il meurt tous les jours. Il est étrange que tu sois en moi, que tu participes dès à présent à ce que je suis. Tu ne me trouveras pas au bout de la route: je t'appartiens déjà. Les bouddhistes le savent quand ils invitent à prendre conscience que toute existence est mortelle. Oui, nous recevons les deux en même temps. Qui engendre un enfant te prodigue. Montaigne le dit fort bien: «Mais tu ne meurs pas de ce que tu es malade; tu meurs de ce que tu es vivant. La mort te tue bien sans le secours de la maladie[1].» Qu'il est ardu d'admettre cette banalité!

Pourquoi ai-je l'impression d'arracher les joies et les plaisirs éphémères à tes griffes si le combat est perdu d'avance? Hier soir, j'ai partagé un repas avec des proches. Goûtant les mille dons de l'amitié, je ressentais une profonde allégresse. Tu étais à notre table, fidèle et muette. Lorsque je me suis couché, j'ai songé que je ne vivrais plus ce moment de grâce. Tu me l'avais déjà ravi. Même si je réinvitais mes amis pour tenter de reconstruire la fête à l'identique, je ne réinventerais pas cette soirée. Oui, la rencontre de la veille est morte, elle appartient au souvenir, au passé. Et je ne quitte pas la finitude. Jamais je ne pourrai revivre les heures passées, jamais.

Chaque jour je laisse derrière moi un peu de ma vie, l'homme de la semaine dernière n'est plus. Bien sûr, ma mémoire conserve mon identité et ma personnalité demeure, mais à chaque instant je meurs à quelque chose, je meurs à un état, pour devenir quelqu'un d'autre. Changer, c'est mourir, perdre et trouver. Naturellement, mes fantasmes voudraient figer la réalité, enfermer le bonheur, le soustraire à ton emprise. Mais ton intransigeance m'oblige, pour ne plus passer à côté de l'essentiel, à oser un état d'esprit qui sache composer avec toi.

Ton ombre importune plane et voile le quotidien. Je dirais presque que tu nous ravis deux fois la vie: la peur que tu instilles nous arrache du moment présent et, avant l'heure, tu nous prives de la douceur de vivre. Souvent, quand je m'abîme dans l'idée de la mort, un pénible refrain m'obsède, je ne parviens pas à le chasser. Et lorsque j'observe autour de moi, je note que la comédie

---

1. Michel de Montaigne, *Les Essais*, *op. cit.*, livre III, chap. 13.

humaine, la philosophie, les hommes dessinent toutes sortes de postures pour essayer de se *faire à l'idée*.

Pour ne pas perdre une miette

D'abord, je relève le divertissement pascalien qui plonge les mortels dans l'activité, les distractions, la fuite. Tout est bon pour abasourdir le plus petit signe de ta présence. Que ne ferions-nous pas pour amasser le plus de plaisirs possible ? Le douloureux face-à-face avec la finitude, la crainte de périr portent à vivre sur le mode de la consommation. Maudite, tu nous pousses à multiplier les moments exaltants, à exploiter avec frénésie le temps qui nous est imparti pour ne pas en perdre la moindre miette. Tu vas rire ! J'ai assisté avec un léger dépit à l'ouverture des soldes. Les consommateurs se précipitaient dans la quête de leur *bonheur*. Neuf heures du matin. Le grillage du centre commercial se met en branle et s'élève lentement. J'observe des hommes, des femmes ramper sous la porte pour se servir en premier. Suivent des minutes de tourbillons. On court, on entasse, on se charge, on guette. Je t'imagine ricanant devant semblable spectacle. Vraiment, tu dois te régaler de voir des mortels dilapider un bout de vie. En prétendant nous enrichir, nous passons à côté de l'existence. Je me conduis de la même manière quand, avec avidité, je veux jouir à chaque instant, ne m'autorisant aucune gratuité, exigeant que tout me soit utile.

En amassant, nous croyons nous comporter en immortels, comme s'il s'agissait de faire des provisions pour plus tard. Pour ce *plus tard*, je suis souvent mort à ce que, dans sa sobriété, me donne le réel. La crainte de la mort m'arrache déjà un peu à la vie. Je refuse que tu me dépouilles trop vite. Aussi, j'essaie désormais de ne plus me disperser, de cesser de constituer des réserves, pour être vivant ici et maintenant.

Donne-moi un bras…

Dans ma quête pour vivre mieux en ta compagnie, je cherche partout : philosophie, littérature, cinéma. Peu féru de théâtre, j'ai assisté à la représentation du *Roi se meurt*, d'Eugène Ionesco. Laisse-moi te planter le décor. Bérenger Ier règne sur un empire qui se détruit progressivement. Guettant le moment de l'occire, tu rôdes aux alentours. Bérenger Ier, qui marche vers toi, est accompagné par son médecin, tour à tour chirurgien, astrologue et bourreau. Me plaît que l'homme de l'art exprime toute l'ambivalence de la vie : il guérit comme il tue. Bref, le monarque s'en va, entouré de ses deux femmes, de son garde, de sa servante et du docteur. Le souverain combat, c'est le sens du mot *agonie*, contre toi. À lui seul, il incarne les diverses postures que l'on peut adopter face à toi. Bérenger Ier connaît la colère. Lui aussi t'a niée, t'a maudite avant de trouver la force de ne plus lutter, avant d'adhérer à la tragique réalité. Pour s'approcher de toi, il doit donc abandonner ses deux épouses. Marie, jeune et frêle, se contente d'être amoureuse, tandis que Marguerite, vieille mégère, en dépit de son apparence revêche, l'aime. Il faut tout quitter pour s'en venir vers toi.

Bérenger Ier, comme tant d'autres, ne veut pas mourir. Entre autres raisons, il n'a pas le temps. Il ne saurait t'envisager, ainsi que le font les stoïciens, comme une restitution. À leurs yeux, la nature ravit à bon droit ce qu'elle confie. Pour ma part, je dois encore faire taire ma révolte, car j'ai plutôt envie de lui crier : «Donner, c'est donner ; reprendre, c'est voler ! »

La mort à doses homéopathiques

Marguerite, femme bourrue, me livre une leçon de philosophie lorsque, à la fin de la pièce, elle invite son mari à se dépouiller de ce qui le retient. Elle se fait *psychopompe* et, pour accompagner son bien-aimé vers toi, elle le convie à se délester, petit à petit, de ses possessions. Avant tout, elle me donne un outil en proposant au *débutant* de penser à toi déjà cinq minutes dans la journée. L'homéopathie lutterait-elle aussi contre les grands maux ? Si je ne peux souffrir définitivement que tu viennes un jour, je veux, pas à pas, grâce à un patient travail intérieur, m'appliquer à accepter l'impardonnable. À cette fin, je m'octroie des pauses afin de te côtoyer durant quelques minutes. Alors j'entends la voix de Marguerite.

S'il ne faut rien retenir, l'amour peut aider à redonner à la vie : « Donne-moi tes jambes, la droite, la gauche. Donne-moi un doigt, donne-moi deux doigts… trois… quatre… cinq… les dix doigts. Abandonne-moi le bras droit, le bras gauche, la poitrine, les deux épaules et le ventre. Et voilà, tu vois, tu n'as plus la parole, ton cœur n'a plus besoin de battre, plus la peine de respirer[1]. » En écoutant Marguerite, j'aspire à devenir un voyageur sans bagages qui ne veut rien garder pour lui. Avant que ne tombe le rideau final, j'entends me détacher de l'existence pour en jouir plus librement, mieux.

Platon, mort vivant

En lisant Platon, j'ai découvert que philosopher, pour lui, c'est justement se libérer. À ses yeux, l'âme doit

---

1. Eugène Ionesco, *Le roi se meurt*, Gallimard, coll. « Folio », 1963, p. 136.

se *séparer* de la matière, des sollicitations charnelles, lesquelles nous rendent esclaves. Sans partager ta souveraine radicalité, mais efficacement tout de même, la philosophie, selon l'auteur du *Phédon*, œuvre à diminuer le plus possible les implications de notre incarnation[1]. L'analogie est pour le moins audacieuse : « Si, au moment où elle se sépare, l'âme est pure et n'entraîne avec elle rien qui ne vienne du corps, du fait que tout au long de la vie elle n'a volontairement rien de commun avec lui, le fuit au contraire en ne cessant de se concentrer en elle-même, du fait que c'est là, toujours, l'objet de son exercice : cela ne revient-il pas à dire que cette âme pratique droitement la philosophie et qu'elle s'exerce pour de bon à être morte sans faire aucune difficulté[2] ? » *S'exercer à mourir*, voilà à quoi s'applique le disciple de Socrate[3]. Pour le vieux Grec, l'esprit qui raisonne et se livre à la contemplation se dégage déjà de son *enveloppe charnelle*. Et ta venue ne saurait faire sourciller celui qui n'a eu de cesse d'anticiper ton ouvrage. En voici un qui, en théorie, ne bronchera pas à l'heure où tu l'approcheras. Mais j'ai de la peine à le suivre quand il veut désincarner la *psyché* pour l'extraire d'un corps qui, paraît-il, ressemble à un tombeau[4], à une prison[5].

Plus concrètement, dans le *Phédon*, je te vois rôder autour d'un Socrate serein. Le condamné à mort est convaincu que tu n'es qu'une « déliaison »[6], que tu dépouilles l'homme du plaisir, des appétits, des tourments et des craintes, ces « clous » qui retiennent l'âme[7]. Dans

---

1. Platon, *Phédon*, trad. M. Dixsaut, Flammarion, coll. « GF », 1991, 115.
2. *Ibid.*, 80*e*.
3. *Ibid.*, 64*a*.
4. Id., *Cratyle*, 400*b-c*.
5. Id., *Phédon*, *op. cit.*, 62*b*.
6. *Ibid.*, 92*d*.
7. *Ibid.*, 83*d*.

sa sagesse, Socrate n'a pas l'outrecuidance de gloser doctement sur ce qui se *passe après*. Il se contente de donner comme une version ancienne du pari de Pascal: «Car voici mon pari (tu vas voir, mon cher ami, à quel point je suis avide de m'enrichir!): supposons que ce que je dis se trouve être vrai [Socrate fait allusion à la survie de l'âme], on ne pourra que se trouver bien de le croire. Supposons, au contraire, que, une fois qu'on est mort, il n'y ait rien. Eh bien, au moins, pendant tout ce temps qui précède la mort, je n'importunerai pas de mes lamentations ceux qui m'entourent[1].» Après avoir tenu ce discours, et bu la ciguë, il prie ceux qui l'assistent de sacrifier un coq au dieu guérisseur, Esculape, fils d'Apollon[2]. Les interprètes ont beaucoup épilogué sur ce dernier mot: Socrate te voyait-il comme une guérison ultime, ou, plus prosaïquement, dédiait-il un animal à la convalescence de Platon, absent au moment fatidique? Bref, ce détour pour te dire qu'autant le libertin de Pascal fuit sa mortalité dans le plaisir, autant un disciple obtus de Platon pourrait découvrir chez lui une invitation à faire taire le corps, à *mourir avant l'heure*, en esprit bien sûr!

Mourir à volonté

L'*exercice de mourir* peut, à mon sens, conduire à célébrer la vie: il m'arrive, des après-midi entières, de me mettre au lit, paisiblement sous la couette. Je *meurs* et quitte peu à peu mes ambitions, mes rêves. Je me dépouille pour un temps des attentes irréalisables, des regrets et des projets fous. Je ressens qu'un jour je ne serai plus et que le monde n'a pas besoin de moi. Je me libère des exigences

---

1. *Ibid.*, 91*b*.
2. *Ibid.*, 118*a*.

pour essayer de prendre ma juste place dans l'existence. Sur le lit, je m'entraîne à la mort. Rien de macabre ici ! Je m'octroie juste une trêve pour me rappeler que je ne suis pas immortel. J'imagine alors mes enfants, ma femme, mes amis continuer leur chemin sans moi. Étrangement, la perspective de perdre peut me réjouir, m'alléger. La *libération* que tu accompliras de manière définitive, je peux l'opérer dès à présent pour, par amour de la vie, mourir à tout ce qui n'est pas essentiel.

Le terminus des prétentions

Le cinéma m'instruit aussi. Dans mon esprit, Sénèque, Spinoza et autres membres de la confrérie côtoient «les Tontons flingueurs». J'entends le délicieux Bernard Blier, tapi dans un garage, qui caresse l'espoir de détruire son ennemi : «Alors, y dort, le gros con ? Ben, y dormira encore mieux quand il aura pris ça dans la gueule ! Il entendra chanter les anges, le gugus de Montauban ; j'vais l'renvoyer tout droit à la maison mère, au terminus des prétentieux…» Raoul Volfoni me convie à quitter une étroitesse de vues qui m'installerait au centre du monde. Avec Michel Audiard, j'apprends à me dépouiller. Et si je me prends trop au sérieux, je ris de ce qui m'attend, ce retour à la maison mère, ce terminus des prétentions. La philosophie ou, plus simplement, tout exercice de lucidité devraient favoriser l'accomplissement de cette mort à l'inessentiel, ce retour à l'humble présent.

Mourir en philosophe ?

On peut cependant se demander si les philosophes sont toujours parvenus à faire bon ménage avec toi. Comment t'y es-tu prise pour t'emparer d'eux ? Décidément, tu ne manques ni d'ingéniosité ni d'ironie. Ainsi rapporte-t-on que Thalès, qui voyait dans l'eau le principe de l'univers, serait mort de soif, tout occupé qu'il était à contempler le spectacle que lui offraient les jeux gymniques[1]. Tu t'es servie de l'ignorance et de la méchanceté des hommes pour faire condamner à mort Socrate, Boèce et Thomas More, eux qui n'avaient eu de cesse de pratiquer la justice et la loyauté. Platon, qui fustige un trop grand attachement au corps, aurait rendu l'âme au cours d'un repas de noces[2]. On relate aussi que tu l'as peut-être occis avec des poux. Franchement, ne crains-tu pas le ridicule en expédiant des chiens dévorer Diogène le Cynique[3] ? Certes, il ne tue pas, mais tout de même ! Ton humour, bien sûr, est noir. Pourtant, de là à l'empoisonner, comme le mentionne une autre tradition, à l'aide d'un poulpe avarié... Quel piteux tableau de chasse ! Je tiens aussi à te rappeler ces hauts faits : tu as étranglé Zénon de Citium[4]. Et Chrysippe, l'un des fondateurs du stoïcisme, le sérieux Chrysippe, voilà que tu le fais mourir de rire devant le spectacle d'une bourrique qui déguste des figues[5].

Le pet de Métroclès

Certains cependant te résistent. Quand Néron envoie à Sénèque l'ordre de se suicider, celui-ci a beau s'entailler les veines, boire du poison, la vie s'oppose longtemps à tes attaques acharnées. Toutefois, tu demeures la plus

---

1. Diogène Laërce, *Vies et doctrines des philosophes illustres*, *op. cit.*, livre I.
2. *Ibid.*, livre III.
3. *Ibid.*, livre VI.
4. *Ibid.*, livre VII.
5. *Ibid.*

puissante, toujours et partout. Parfois, tu te sers même de l'orgueil philosophique pour appeler les penseurs. Ainsi, Métroclès, ce professeur de dialectique, n'en reste pas moins un mortel. Pour preuve, il pète malencontreusement devant ses élèves. Ne supportant pas que la chose soit éventée, il veut trouver dans tes bras un remède à sa honte, sans succès. Mais cessons là. L'exposé de tes prouesses nous amènerait trop loin. J'aurai tout le temps de m'entretenir avec toi. Plus tard…

Spinoza, qui est l'un de mes maîtres, expire dans la simplicité. Je l'entends souvent me dire : « L'homme libre ne pense à rien moins qu'à la mort et sa sagesse est une méditation non de la mort mais de la vie[1]. » Je peine à lui rester fidèle. Il ne nie pas ta réalité, car il sait le danger d'une fuite illusoire, cependant il préfère se concentrer sur la vie. Pour ma part, je crois que c'est seulement en adhérant totalement à la certitude de ta venue que nous pouvons envisager notre condition avec légèreté et arrêter de *vivre à moitié*. Paradoxalement, Spinoza m'incite à ne plus fuir l'angoisse vertigineuse qui m'assiège quand je pense à toi. Il apprend à aimer la vie pour elle-même, à exister joyeusement, par amour pour elle, et non à cause de la peur que tu inspires. Il m'éclaire lorsqu'il suggère : « C'est par peur de la mort que le malade absorbe ce qu'il déteste, tandis que le bien-portant prend plaisir à ce qu'il mange et jouit mieux ainsi de la vie que s'il craignait la mort et s'il désirait l'éviter directement[2]. » Grâce à Spinoza, je peux essayer de te donner une plus juste place dans mon existence.

1. Baruch de Spinoza, *Éthique*, *op. cit.*, IV, proposition 67.
2. *Ibid.*, IV, proposition 63.

Mortelle visite

Mais parlons de nous ! Quand tu as emporté un ami de ma jeunesse, j'ai soupçonné ta présence. Ce visage, qui t'appartient désormais, m'a presque rassuré par sa sérénité. Puis l'idée t'a prise de me dérober un proche. T'en souviens-tu ? Dans une chambre faiblement ensoleillée, je regardais un corps sur un lit, des doigts sous une peau usée par un travail douloureux et déterminé. L'agonie était à son œuvre : yeux déjà clos, souffle haletant, tantôt calme, tantôt rapide, comme la vie. J'ai alors posé délicatement une main sur le bras et suis simplement demeuré là. L'attente était suspendue. Il ne fallait pas attendre, mais vivre.

La Senna festeggiante retentissait dans les écouteurs de mon baladeur. Je garde en mémoire ces minutes d'éternité rythmées par une respiration qui allait bientôt quitter le corps auquel elle était liée depuis la naissance. Vivaldi m'accompagnait tandis que tu t'approchais. Pour ne pas abdiquer, j'ai timidement célébré l'existence, le progrès. Oui, la vie progresse toujours. Elle se déploie, s'oriente parfois où on ne le désire pas, mais elle progresse. À côté du malade, j'ai compris qu'il est vain de vouloir la plier à nos désirs. L'inéluctable était dans la pièce, la joie aussi. Je me suis abandonné au réel. Je sentais que la révolte ne devait pas prendre ce moment. Elle comme toi finissez par tout détruire.

Voilà que, calmement, paisiblement, tu t'es annoncée. Et j'ai soudain trouvé de l'apaisement à pressentir que toute résistance était inutile. Au début, j'ai tendu toute ma volonté, je me suis tourné vers le ciel pour implorer un sursis. Mais quand tu as commencé à opérer, je n'ai plus rien souhaité, tout entier ouvert à ce qui arrivait. Avant, j'avais lutté, combattu, essayé de rendre la vie victorieuse. Lorsque tu nous as menacés, j'avais accroché un espoir au moindre petit signe qui l'autorisait. Il est mort très vite. Mes proches l'ont conservé quelque temps. Secrètement, leur espérance m'accablait. Je n'ai pas pu accueillir ces illusions qui présageaient d'amères déceptions. La confiance peinte sur leur visage me semblait insupportable. Je la savais éphémère. Je me suis trompé ! La confiance même trahie n'est pas un mensonge, elle aide à tenir debout et ne regarde que le présent sans se charger des douleurs à venir.

Sous mes yeux, tu as gagné peu à peu du terrain. Et j'ai dû accepter. Je n'avais guère le choix. Simplement, j'ai essayé de m'ouvrir, de m'oublier devant la réalité. Puis plus rien, un grand calme, un silence. Ta discrétion m'a choqué. C'est donc ça, la mort, celle qui me plonge dans l'effroi !

La Mort, esclave de la nature

Je ne te connais pas et te devine à peine. Avoue tout de même que tu cultives une affligeante étroitesse d'esprit. Si, d'aventure, je m'avisais de négocier avec toi, tu me renverrais, je le sais, sans broncher. Mais j'y pense : n'est-ce pas là t'attribuer une once de libre arbitre ? Tout bien réfléchi, je ne crois pas que tu décides. Non, tu ne fais que te conformer aux lois de la nature. Je ne puis dès lors t'accuser de cruauté, d'immoralisme. Je ne peux même pas regretter ton absence de compassion. Pour accomplir le bien et le mal, il s'agit d'être libre, de jouir d'une volonté. Or, tu en es totalement dépourvue. Pourquoi nous révolter contre toi ? Tu te bornes à exécuter des arrêts qui ne dépendent pas de toi. Ils ne sont pas absurdes, ni injustes, ils sont, simplement. Bien sûr, je les trouverai toujours impitoyables quand ils nous dépouillent de ce qui nous est le plus précieux au monde.

Pour être franc, sache qu'il m'arriverait presque de te plaindre tant ton œuvre est noire. Je suis fragile, à ta merci et n'ignore pas qu'un jour tu auras le dernier mot. Mais pour l'heure je vis, je peux rire, aimer, m'attacher aux autres, précisément ceux que tu enlèves. Je peux goûter les rires d'un enfant, partager un repas entre amis, recueillir, au cœur de la nuit, la confession d'un inconnu. Tu prends, tu voles, l'homme crée, il donne. Sans lui, tu ne serais rien. Tu crois jouir d'un pouvoir princier, cependant tu restes l'esclave de ta funeste tâche. Vais-je craindre de macabres représailles ? Pourrais-je me gausser de toi aussi impunément ? Certes, oui, tu n'es pas libre et donc toute superstition est vaine.

La règle du jeu

Qu'est-ce que j'aperçois autour de moi ? Des jeunes gens privés de la vie, tandis que des vieillards mendient ta venue. À l'évidence, tu n'obéis à aucune rationalité sinon celle qui t'est propre et qui nous échappe. Je ne t'envie pas, tu restes sourde à la voix de cette mère éplorée et, imperturbablement, tu distribues tes cartons : « Au-delà de cette limite, votre ticket n'est plus valable ! » Que t'importe qu'un mortel goûte enfin le loisir après une existence de labeur. Tu ne te soucies guère de la justice. En te considérant de près, j'abandonne peu à peu mes illusions grossières et apprends la règle du jeu. Et puisque nous parlons de justice, je ne peux nier que pour toi nous demeurons tous égaux. Entre l'opulent, le désargenté, l'ouvrier, le misérable, le malade, l'érudit, le méchant, le pervers, le saint, le sage, tu ne fais aucune différence. Malgré toi, tu es d'une parfaite équité. Chapeau bas ! Il ne se trouve aucun homme qui puisse te corrompre. Tu méprises les arguments du riche et laisses les philosophes à leurs théories.

Parmi les mortels, certains estiment pourtant que tu n'as pas le dernier mot. Ainsi, toi, la Mort, tu détruirais seulement le corps, et l'âme te résisterait. D'autres, les incroyants, t'attribuent les pleins pouvoirs. Mais toi qui recueilles le souffle ultime de tes victimes, que dis-tu de la foi ? Ton témoignage sera des plus avisés. Moi, je t'avoue que je n'ai pas un avis tranché sur la question. Précisément, elle reste une interrogation majeure. J'ai coutume de déclarer que je me lève croyant et me couche athée. Puisses-tu me prendre un matin ! Oui, ton œuvre me paraît si radicale que tu sembles anéantir toute espérance de survie. Voilà sans doute pourquoi la frayeur que tu provoques incite de nombreux individus à chercher des refuges. Dès lors, la religion, en proposant un *après toi*, sert de baume, permet d'aller vers toi le cœur un peu léger.

Se lever croyant et se coucher athée

Cette utilisation de la religion me déplaît. Croire en Dieu, ce n'est pas s'armer d'une béquille, ni calculer et espérer un bonheur posthume. Par une redoutable dialectique, maints mouvements et sectes de tout acabit ont su tirer un pitoyable profit de la terreur que tu inspires. Se trouvera-t-il toujours des oreilles pour écouter les manipulateurs qui prétendent qu'à coups de sacrifices, de mortifications, nous parvenons à déjouer tes pièges ? J'imagine que si le Père céleste nous relève, c'est par pur don. J'abhorre ce marchandage et préférerais cent fois que tu me détruises corps et âme plutôt que rejoindre une divinité qui se réjouirait de mes efforts, de mes renoncements, un dieu qui se mérite.

Sache que j'ai souvent tremblé à l'idée de déplaire à un divin juge qui m'observerait jour et nuit. Spinoza, en me ramenant au bon sens, m'a guéri : «Et seule, en fait,

128

une superstition farouche et triste peut interdire qu'on se réjouisse. Car en quoi vaut-il mieux apaiser la faim et la soif que chasser la mélancolie ? Tel est mon principe et telle ma conviction. Aucune divinité, nul autre qu'un envieux ne se réjouit de mon impuissance et de ma peine[1]... » Spinoza, supposé matérialiste, déclaré athée, Spinoza condamné par la communauté juive, décape ma vision de Dieu où entrent, pour une grande part, la peur et la culpabilité. Il m'invite, peut-être malgré lui, à ne plus aller vers la religion pour y glaner un réconfort, des illusions, mais pour y trouver une exigence.

Est-il besoin de te dire que je doute ? Si l'espérance me porte à croire, le spectacle du monde, la présence du mal, l'insignifiance de la comédie sociale me disposent parfois à l'incrédulité. Cependant, je ne saurais grossir les rangs des incroyants, préférant ne pas statuer et accorder ainsi une infime place au mystère. Lorsque j'admire la grandeur de l'humanité, la beauté de l'univers, je veux suspendre mon jugement et ne pas me prononcer sur son origine. Il y a autant de fanatisme dans le dogmatisme religieux que dans l'athéisme étriqué. Aussi dois-je vivre avec toi sans connaître l'étendue de ta force. Je suis surpris de constater que, souvent, tu fais frémir l'athée comme le croyant. Comme moi, tu trouveras peut-être présomptueux celui qui n'éprouve aucune crainte à l'heure où tu parais.

Mais je me trompe, car j'ai vu un homme t'appréhender sereinement. D'ailleurs, c'est à lui que je dois mon entrée en philosophie. Je me rendais quotidiennement chez le vieux prêtre avec lequel je m'entretenais tandis qu'il absorbait son repas. Il m'enseignait les quatre causes d'Aristote, le mythe de la Caverne, et me parlait de Descartes, me rappelait l'importance capitale

---

1. *Ibid.*, IV, proposition 45.

de Nietzsche. Précisément, alors qu'il dégageait l'horizon de mon avenir, tu es venue.

Chaque soir, j'observais la lumière de sa chambre jusqu'à son extinction et j'attendais le matin que les volets s'ouvrent, attestant par là que tu ne me l'avais pas pris. Je tenais à lui et craignais que tu ne me le voles. Je t'ai sentie approcher lorsque j'ai trouvé le père Morand alité. Il respirait faiblement. Je ne savais que faire. Et voici qui te concerne. Une question est montée sur mes lèvres : « Avez-vous peur ? » Il m'a répondu : « Oui, j'ai peur de pécher. » N'y vois aucun moralisme. Mais juste un vieillard qui a consacré toute sa vie au bien, qui aime véritablement l'être humain, celui qui meurt, qui peut souffrir. Il m'a démontré que nous pouvons nous avancer vers toi comme nous avons vécu, simplement.

La chair est forte

Après que l'ambulance me l'eut pris, chaque après-midi, avec mon vélo, j'ai gravi la colline pour rendre visite à l'homme à qui je devais ma découverte. Soudain, j'ai deviné que tu pouvais te manifester par étapes successives : parfois, tu semblais gagner du terrain. Mais, le lendemain, ta patience m'autorisait quelques joies au côté de l'ami. Puis, tu as triomphé. Et j'ai vu un corps paisible, qu'abandonnait la vie. Même si tu anéantis tout, si avec le corps s'éteignent nos rêves, nos amitiés, nos tendresses, même si elle n'est que matière, la chair est forte.

Tu me côtoies jour après jour. Quand je traverse la route, il arrive que je ne remarque pas un véhicule et je lui échappe de justesse. Je pense alors à toi. Le médecin me confirme que les résultats de mes analyses sanguines sont parfaits. Je songe encore à toi. Mes enfants et ma femme partent en voyage et je crains que tu ne rôdes autour des êtres bien-aimés. On m'annonce la mort d'une connaissance et j'essaie en vain de comprendre le changement radical que tu réalises en elle. Aujourd'hui, je respire, je mange, je parle à mes amis, je fais mes achats, et demain, si tu viens, je ne serai plus. Rien.

Je peine pour l'heure à suivre Épicure, tant il s'avère difficile de considérer chaque jour comme si c'était le dernier. Cependant, quand je regarde l'horloge, celle-ci ne m'attriste plus. Elle insinue non pas que je mourrai ni que tu t'approches à grands pas de moi, mais que je suis vivant. Et le bruit de l'aiguille me rappelle à l'ordre en me conviant à être totalement dans l'ici et le maintenant.

Je renonce à me préparer à ta venue et souhaite consacrer tous mes efforts à mieux vivre. Avec Montaigne, je sais que même si je ne serai pas prêt lorsque tu paraîtras, la nature me dictera sur-le-champ comment je dois m'en aller vers toi[1].

Si je te dois de l'angoisse, des frayeurs, mille craintes, si tu me priveras un jour de tout, j'ai encore besoin de toi pour prendre meilleure mesure du prodigieux miracle que constitue la vie. Et si j'existe par hasard et dois disparaître à jamais, je veux bénir ce hasard pour nourrir une gratitude infinie envers ce que je te dérobe quotidiennement.

Au revoir.

A. J.

---

1. Michel de Montaigne, *Les Essais*, *op. cit.*, livre III, chap. 12.

À Dame Philosophie

Mon amie,

Notre parcours me conduit par des chemins de traverse imprévus. De même aurais-je volontiers congédié Dame Frayeur de mon existence. Avec la Mort, elle me tourmente sans cesse. Et si j'ai pu, grâce à toi, persévérer contre d'autres maux, j'éprouve grand-peine à les côtoyer. Comment peut-on s'étonner que notre intelligence ne suffise pas à calmer l'angoisse ? Tes intimes ne restent-ils pas des hommes ? Et tu es assurément trop fine pour nous laisser croire à la toute-puissance de la raison. Te suivre, c'est peut-être admettre tes limites et pourfendre avec force cet angélisme qui idéalise l'être humain et le désincarne.

Spinoza à la rescousse

Tu sauras à ce sujet qu'il arrive qu'on ricane de me voir dispenser des cours sur la philosophie comme «soin de l'âme» tandis que la mienne déborde d'inquiétude. Bien que j'aie beau jeu de balayer les railleries en arguant que, sans toi, ce serait encore pire, je m'interroge. Pourquoi un individu qui a surmonté bien des revers demeure-t-il si vulnérable ? Montaigne n'avait pas tort de relever que « la tourbe des menus maux offense plus que la violence d'un, pour grand qu'il soit[1] ».

Ainsi sied-il de bien se connaître pour ne pas surestimer ses ressources. Avec Spinoza, j'entrevois quelques moyens d'approfondir le rapport à soi. Depuis notre dernier entretien, c'est avec ce philosophe que je me suis le plus attardé, précisément, parce qu'il m'a affranchi d'exigences trop oppressantes pour diriger mes efforts vers le réalisable. Avant tout, il m'a dépouillé de moi, de cette volonté de construire un être au-delà de mes forces. Loin de dessiner une sagesse inaccessible, il me prête quelques outils pour adhérer plus librement à ce que je suis. De sa bouche ne sort nul sermon. Il se garde d'assener les habituels refrains qui enfoncent plus qu'ils n'élèvent et, d'ordinaire, n'enfantent que culpabilité et haine de soi.

La lecture de son *Éthique* me soulage de ces plaies. Devant l'échec, face à notre impuissance à congédier définitivement nos blessures, il arrive que nous finissions par nous haïr, nous refusant au nom d'un idéal. Spinoza m'en préserve quotidiennement.

Il me plaît de revivre avec toi cet itinéraire qui ne cesse d'accroître ma joie.

Porte-toi bien, mon amie !

A. J.

---

1. Michel de Montaigne, *Les Essais*, *op. cit.*, livre III, chap. 9.

À Baruch de Spinoza

Monsieur et cher ami,

Voici quelques mois, je vous ai rencontré et, depuis, vous demeurez à mes côtés. J'entends votre voix bonne et assurée. Tandis que je rédige ces lignes, Victorine, ma petite fille, dort paisiblement auprès de moi.

Pour moi, les épreuves furent l'occasion de la philosophie. Son origine se trouve ailleurs, plus loin. Je partage votre quête et aspire à votre liberté. « L'expérience m'avait appris que toutes les occurrences les plus fréquentes de la vie ordinaire sont vaines et futiles ; je voyais qu'aucune des choses, qui étaient pour moi cause ou objet de crainte, ne contient rien en soi de bon ni de mauvais, si ce n'est à proportion du mouvement qu'elle excite dans l'âme : je résolus enfin de chercher s'il existait quelque objet qui fût un bien véritable, capable de se communiquer, et par quoi l'âme, renonçant à tout autre, pût être affectée uniquement, un bien dont la découverte et la possession eussent pour fruit une éternité de délices continue et souveraine[1]. » Un élan m'a entraîné vers la philosophie et j'ai essayé de creuser en moi à la recherche d'une source inal-

---

1. Baruch de Spinoza, *Traité de la réforme de l'entendement*, trad. C. Appuhn, Flammarion, coll. « GF », 1964, § I.

térable de joie. Pour l'heure, je m'applique à découvrir une philosophie pour temps de paix et vous m'y aidez assurément.

Conversion à l'aveugle

Alors que j'écoutais une émission à la radio, vous êtes entré dans ma vie. On parlait de vous. Auparavant, je vous réduisais à un panthéiste, à un rationaliste fort éloigné du ferme désir qui anime mon quotidien. Je le confesse, je ne vous connaissais pas. Un de vos interprètes a mentionné l'exemple de l'aveugle[1].

La réalité est parfaite et rien ne lui manque. Et c'est la comparaison qui crée l'aveugle ! Intrigué, je vous ai lu : « Ainsi donc, la perfection et l'imperfection ne sont en réalité que des modes du penser, c'est-à-dire des notions que nous avons l'habitude de forger parce que nous comparons entre eux des individus de même espèce ou de même genre : et c'est pourquoi j'ai dit plus haut que par réalité et par perfection j'entendais la même chose. Nous avons en effet l'habitude de ramener tous les individus de la Nature à un seul genre qu'on appelle genre suprême ; c'est-à-dire à la notion d'Être, qui appartient, absolument parlant, à tous les individus de la nature. Par conséquent, en tant que nous ramenons les individus de la Nature à ce genre, et que nous les comparons entre eux, en tant aussi que nous trouvons que certains individus ont plus d'entité ou de réalité que d'autres, nous disons que les uns sont plus parfaits que les autres ; et en tant que nous leur attribuons quelque chose qui enveloppe une négation, telle une limite, une

---

1. Id., *Lettres*, trad. C. Appuhn, Flammarion, coll. «GF», XXI, lettre à Blyenbergh, p. 206.

fin, ou une impuissance, etc., nous les appelons imparfaits parce qu'ils n'affectent pas notre esprit d'une façon égale à celle dont nous affectent les individus que nous appelons parfaits, et non pas parce qu'il leur manquerait quelque chose qui leur appartiendrait en propre, ou parce que la Nature aurait péché[1].»

J'ai mieux compris la souffrance d'être «différent», les moqueries et ma volonté de devenir normal. Je ne conçois guère de regrets lorsque j'observe une mésange virevolter dans le ciel. Je n'ai pas d'ailes et elles ne me font pas défaut. Pourtant, imaginons que les hommes, les femmes, tous les êtres qui m'entourent puissent voler. Il y a fort à parier que j'envierais ces drôles d'oiseaux. Oui, c'est la comparaison qui accentue les privations et inflige les différences. En une page, vous illustrez l'un des combats de ma vie. Avec finesse, vous mettez le doigt sur une blessure. Je la devine désormais. «Tu as vu le vélo à trois roues?», «Il est rigolo, le monsieur sur son tricycle». Pour assumer ma singularité, j'ai ouvert votre *Éthique*.

Pour nous rassurer, nous comparons. Cependant, en scrutant les autres, nous nous exposons à l'exclusion, à la différence, au manque. Comment en finir avec cette propension à se référer sans cesse à des modèles?

Quand Victorine a vu le jour, mon regard s'est dirigé vers les autres, j'ai guetté la norme. Mon enfant devait s'y installer paisiblement. À la maternité, les parents observent les nouveau-nés: «Il a un plus grand nez», «Elle a de plus belles mains», «Elle est plus éveillée»… J'avoue que je me trouvais au-delà. Victorine était effectivement la plus mignonne! Néanmoins, il fallait encore l'insérer dans la vie, conserver sa santé, bâtir une confiance, éviter les périls. Ardemment, j'ai espéré qu'elle inaugure son existence sous de bons auspices. J'ai

---

1. Id., *Éthique*, *op. cit.*, IV, préface.

apporté un grand soin à ce qu'elle ne manque de rien. Un bébé possédait-il un jouet, un habit, Victorine devait les obtenir, aussi ! Je me suis acharné pour lui offrir l'égalité des chances, celle que je n'ai pas eue, celle qui n'existe que dans les théories ou les rêves. J'ai pris du temps pour comprendre que l'essentiel se situe ailleurs, pas là.

Sans comparaisons ?

Depuis peu, depuis vous, je commence à bannir les comparaisons sans devenir assez fou pour vouloir toutes les abolir. Simplement, je souhaite les purifier et ne conserver que celles qui me sont réellement utiles. Certes, l'existence réclame ses références et une tonique émulation libère les possibilités qui sommeillent dans un individu. D'ailleurs, l'esprit procède par induction, il tire profit de l'expérience, analyse et extrait une loi de la multiplicité des situations. Sans relâche, il établit des parallèles, ose des rapprochements pour y puiser de profitables enseignements. Aussi c'est grâce à la comparaison que je n'ai pas besoin de me brûler deux fois les doigts pour savoir que l'eau bouillante est dangereuse. Il serait vain d'éliminer cet instrument de la vie.

Une chose est de l'utiliser comme un moyen de progresser, une autre de l'installer au cœur de la vie. Celui qui dirige systématiquement son regard ailleurs, en se laissant déterminer par ce qu'il aperçoit, finit par ressembler à une éponge, ou à un esclave qui n'existe que par imitation. Naturellement, le spectacle du bonheur, le renvoyant à ses propres échecs, le plongera non dans la joie, mais dans la haine de soi. À l'inverse, quand le mécontentement et l'envie nous tiraillent, il est tentant de nous rassurer en nous attardant sur le sort des *plus malheureux*. Tant que nous ne vivons que relativement à nos semblables, tant que nous quémandons au premier venu son approbation, ses louanges, nous ne saurions jouir de la paix. Réconfort, amour, assurance se cultivent aussi à domicile. Comment cesser de continuellement nous positionner par rapport à autrui ?

L'aveugle et sa perfection m'ont précipité sur votre *Éthique*. Patiemment je vous ai suivi, et très tôt j'ai pris goût à votre austérité libre et généreuse. Avec vous, j'ai allégrement traversé les axiomes, définitions, corollaires, scolies et démonstrations pour y chercher un peu de liberté. Votre douceur, fort éloignée de la morgue des moralistes[1], m'a retiré une sévérité qui ne supportait aucune rechute, aucun faux pas. Bientôt est né un nouvel appel à me connaître, plus vaste. Exigeant mais complice, vous me proposez avec une clarté déconcertante les moyens de déposer les fardeaux qui aliènent l'homme : l'ignorance, la superstition, la dépendance et l'égoïsme.

Si la comparaison représente un danger, il est bon d'ouvrir son point de vue pour envisager diverses approches du monde. Peut-être, paradoxalement, me faut-il pousser *à fond* ma tendance à me comparer pour voir que l'autre existe aussi. Parfois, je me figure être le seul à désirer, à connaître la déception, la peur. Lorsque mon esprit est trop accaparé par les préoccupations du jour, j'aime à me retirer en moi-même pour deviner l'existence qui se vit ailleurs.

De l'autre côté

Je visite un bidonville aux portes de Rio. J'entre dans le cabinet d'un politicien esclave de ses ambitions. J'imagine les milliards d'êtres humains qui s'activent dans

---

1. *Ibid.*, III, préface.

leur quotidien. J'explore les hôpitaux, parcours les cimetières, m'attarde sur les noms suivis de deux chiffres. Mon périple me conduit dans la geôle d'un Boèce. Je prête l'oreille aux derniers mots de Socrate. Je vois s'ébranler le train qui emmène Etty Hillesum vers la mort. Puis je m'en retourne au présent. J'aperçois une vieille dame au bas de la rue qui monte avec difficulté les escaliers. J'observe des enfants qui jouent, j'entends leurs cris. Je me dégage pour un temps d'un égocentrisme qui est à l'origine de maints tourments. Je savoure les différentes expressions de la vie. Tous les visages que je rencontre purifient mes désirs et me sortent de mon étroitesse de vues.

Par réalité et perfection, j'entends la même chose

En découvrant que la réalité est parfaite, j'ai entrevu que peut-être le réel est vierge et que mon regard le rend bon ou mauvais. Je m'engage sur ce chemin de crête s'écartant de l'optimisme qui ne veut retenir que le beau et du pessimisme qui jette sur l'existence un voile sombre. Finalement est parfait non pas un idéal lointain, sans cesse différé, mais le réel dans toute sa richesse.

Vivre le monde sur le mode de la consommation, c'est chercher la perfection seulement dans ce qui est agréable, utile, profitable. La Nature doit être à mon service. Si sur le melon sont dessinées des parties, c'est précisément qu'il a été conçu pour être dégusté en famille ! Je prends souvent l'exemple d'une pomme pourrie. Elle n'est un mal que pour celui qui se propose de la manger. En soi, elle n'est ni bonne ni mauvaise. C'est parce qu'elle vient contrarier mon appétit que je m'empresse de la cataloguer, de lui coller le titre de *mauvais*.

Que n'ai-je pas reçu de la vie ? Je prends ses cadeaux et vous devriez voir tout ce que je mets en œuvre pour tenir à distance, le plus loin possible, ce qui s'oppose à mes projets. Tout doit contribuer à me rendre heureux : mes enfants, mes amis, tout. Je désire que la réalité s'adapte à mes souhaits, d'où tant de souffrances, de déceptions. Elle n'entre pas dans les filets de mes caprices. Oui, parfois, je me lance dans une entreprise et la Nature me soutient. D'autres fois, elle brise dans l'œuf mes espérances. Je tente alors vainement de me soustraire à son emprise. Et je vis le monde sur le mode de l'adversité. Je fais tout pour savourer les largesses de l'existence, mais ne supporte pas qu'elle vienne saboter mes plans.

Pour tout vous dire, j'ai aussi tenté d'enfermer *mon* Dieu dans un marchandage. À présent, le ciel se vide d'un monarque, d'un juge, d'un créancier capricieux et vengeur. Je commence à comprendre la crédulité : l'homme prétend être mû par la recherche de fins, la poursuite d'objectifs. Certaines fois, il constate que le monde comble ses attentes, et il en infère naturellement qu'une volonté supérieure dispose la réalité pour qu'elle réponde à ses désirs. Puis, projetant sur le créateur sa psychologie tout humaine, il croit que *son* Dieu, prévenant, est aussi la proie de caprices. Dans son erreur, le superstitieux s'évertuera à lui complaire, espérant que le divin rétributeur continuera à le couvrir de ses grâces. Il se fait le mendiant du Très-Haut non pas par amour de ce dernier, mais par intérêt. D'où la superstition et la crainte.

Dieu, le crocodile et le gnou

Votre Dieu, c'est la Nature[1], le tout de l'Être qui silencieusement se déploie. Dieu est nécessité, infini. Il est perfection et plénitude. Sans commencement ni fin, il se

---

1. *Ibid.*, IV, démonstration 4.

manifeste en substance, attributs, modes infinis, modes finis. On ne saurait donc juger un univers parfait.

Lorsque je parle de vous, je me heurte souvent à de vives réactions, parfois de colère. Toutefois, vous êtes infiniment plus nuancé que cette pâle esquisse. Il est clair, selon vous, que bien et mal procèdent du mode du penser, fruit de la comparaison, et que rien ne manque au réel[1]. Néanmoins, votre fine bienveillance sait que dans la sphère anthropologique, c'est-à-dire relativement à l'homme, tout doit être réalisé pour empêcher son malheur[2]. Si au regard de l'univers la mort d'un être humain peut paraître insignifiante, pour l'humanité c'est un déchirement qui ne supporte aucune concession.

Même si j'observe que la nature ne poursuit aucun dessein et que, par conséquent, elle ne saurait être injuste, j'éprouve encore de l'indignation devant les *maux* qui accablent l'humanité, les bassesses qui avilissent les hommes. Pour moi, le monde reste tragique et je peine à l'assumer. Un cancer qui détruit l'être aimé appartient certes au réel, comme la souffrance, le désespoir et la finitude. Cependant, je vous le confesse, j'ai de la peine à concevoir que tout dépendrait de notre point de vue. Je sais qu'un crocodile qui dévore un gnou appelle différentes interprétations. Ainsi, ce qui est désastreux pour notre malheureux gnou fait le bonheur du reptile. De quel côté est le bien ?

Laissant la question en suspens, je comprends avant tout que dans votre univers, parfait, le contingent, les «peut-être», les «il aurait fallu», les «j'aurais dû» deviennent inutiles. Ce ne sont que des préjugés finalistes, des erreurs anthropomorphiques qui jugent le réel[3]. Votre

---

1. *Ibid.*, IV, préface, ou I, appendice.
2. *Ibid.*, IV, 18, scolie.
3. *Ibid.*, I, appendice.

nécessitarisme me libère d'une nostalgie. Désormais, je revisiterai le passé sans déplorer qu'il ne soit pas à la hauteur de mes espérances. Je désire composer avec mon histoire et, loin de tout fatalisme, bâtir ma liberté avec elle. Grâce à vous, cher Spinoza, je peux mettre de côté les «Ah! si j'avais eu…» et adhérer à la réalité sans de vives douleurs.

Toutefois vous n'êtes pas le seul à appeler l'homme à se réconcilier avec la réalité. À plusieurs reprises, j'ai entendu qu'il fallait se soumettre au vrai pour échapper à la tyrannie de ses désirs. Il peut y avoir dans de tels propos quelque chose d'exaspérant. Je vous ai suivi, car je devinais que vous ne poursuiviez nul autre dessein que la liberté: «Un enfant croit librement appéter le lait, un jeune garçon irrité vouloir se venger et, s'il est poltron, vouloir fuir. Un ivrogne croit dire par un libre décret de son âme ce qu'ensuite, revenu à la sobriété, il aurait voulu taire. De même un délirant, un bavard, et bien d'autres de même farine, croient agir par un libre décret de l'âme et non se laisser contraindre. Ce préjugé étant naturel, congénital parmi tous les hommes, ils ne s'en libèrent pas aisément[1].»

Exit *le libre arbitre*

Exit donc le libre arbitre[2]. Grâce à vous, je ne m'attribue plus les pleins pouvoirs puisqu'une spontanéité souveraine n'est qu'une construction de l'imagination, un être de raison. D'évidence, j'ai *choisi* de vous écrire[3], mais ce choix s'est imposé à moi. Il a dépendu d'une émission

---

1. Id., *Lettres*, *op. cit.*, LVIII, lettre à Schuller.
2. Id., *Éthique*, *op. cit.*, II, proposition 35, scolie.
3. Je reprends votre exemple, *Lettres*, *op. cit.*, LVIII, lettre à Schuller.

radiophonique, de notre rencontre, de mon parcours, de notre culture – bref, d'innombrables éléments qui m'échappent.

Mais comprendre que mes décisions sont déterminées par une multitude de facteurs que j'ignore, ce n'est certes pas abdiquer. Bien au contraire, si je ne puis intégralement changer, je peux me réapproprier mes désirs pour les diriger vers la joie libre. Paradoxalement, en lisant que par réalité et perfection vous entendiez la même chose[1], j'ai évacué un dangereux fatalisme que ma lecture partielle et hâtive de votre *Éthique* aurait pu suggérer. Peut-être aurais-je même inventé des arguments justifiant complaisance et fatuité : « Je suis ainsi, et c'est parfait… »

La culpabilité qui tue

Si nous ne sommes pas tout à fait responsables de notre être, il est en notre pouvoir de le parfaire sans cesse. L'individu colérique, l'âme anxieuse, l'esprit chagrin peuvent, sans s'appesantir sur les excès passés, commencer à se départir de leurs tristes affects en posant un acte dans cette direction. Finalement, vous remplacez la culpabilité par l'exigence.

D'abord, il s'agit de bien discerner les bornes de ma puissance. Si je dilapide mes forces dans de vains combats, si je pars en guerre contre des chimères, je ne saurais épanouir les ressources réellement disponibles. La résignation est tristesse, l'illusion de la toute-puissance aussi. Comment tenir un juste équilibre ? Comment ne pas abdiquer et prendre clés en main tout ce qui advient ? Comment dissoudre les affabulations, les rêves qui nous aliènent en nous vouant à de cuisantes déconvenues ?

---

1. Id., *Éthique*, *op. cit.*, II, définition VI.

Comme un habile observateur découvre les lois de la nature, vous scrutez les esclavages, les tourments et les déceptions, qui traversent l'esprit. Pour quitter les passions tristes, il sied donc d'envisager bravement les dépendances et les autres petits penchants. Bref, vous donnez l'audace de traquer les servitudes sans mépris. J'ai souvent, pour ma part, réprouvé la personne irascible, sans comprendre que, peut-être, elle n'était pas totalement coupable de cette faiblesse. Après tout, nous ne blâmons pas l'animal enragé, ni ne condamnons les tremblements de terre meurtriers. Pourquoi maudirions-nous le faible ?

Ne pas railler mais comprendre

Avec vous, je me redis souvent : « Ne pas railler, ne pas pleurer, ne pas détester mais comprendre[1]. » Il y a tout, ou presque, dans ces quatre verbes. Je ne pleure pas, mais pas par force, et, plus d'une fois, j'ai réprimé cette expression de la vie, me retranchant ainsi de celle qui me porte et s'exprime en moi. Elle contient tout : les rires, les pleurs, vous et moi. Je ne veux plus la réprouver, car lorsque je l'accuse, je m'en sépare. Mon cher Spinoza, j'ai détesté, haï, condamné et jugé. Tout cela n'est que faiblesse et impuissance. Je dois aussi le comprendre.

D'où une admiration envieuse pour l'homme libre qui acquiesce joyeusement à l'univers, au tout. Je ne sais comment il s'y prend pour s'abstenir de coller sur la Nature des appréciations, d'établir des hiérarchies, de s'égarer dans d'infécondes comparaisons. Moi, je peine à rester simple et oser un petit oui, un oui sobre. Me donneriez-vous la force de ne plus dénigrer la réalité au nom d'une

---

1. Id., *Traité politique*, chap. I, § 4.

illusoire et lointaine perfection ? En voulant purger le monde de ce qui me déplaisait, en livrant bataille contre la souffrance et l'adversité, je me suis perdu dans une entreprise colossale. Si cet élan m'a sauvé, en devenant un mode de vie, il m'épuise.

Je ne souhaite plus nourrir une logique de guerre, mais m'avancer vers l'épanouissement de mon être. Je ne peux plus lutter. En résistant au monde, j'ai fini par aimer plus le combat que la vie. Vous me livrez encore un outil : «Toute notre félicité et notre misère ne résident qu'en un seul point, à quelle sorte d'objet sommes-nous attachés par l'amour[1].» C'est précisément l'attachement qui peut nous rendre triste ou joyeux, craintif ou serein.

À quoi suis-je attaché par l'amour ?

À quoi suis-je attaché par l'amour ? À trop de choses. À trop peu de choses. J'aime ma famille et mes amis… je me passionne pour le savoir et la philosophie… Pour vous dire la vérité, mon amour est encore trop étroit. Je souhaite l'élargir, ne plus le limiter, car je ne désire que le plaisant, que ce qui répond à mes attentes. Cependant, sans me condamner, j'ai à cœur de retourner à l'origine de l'amour et des désirs. En les enfermant dans une étroitesse de vues, je me rétrécis. C'est pourquoi votre ascèse, jamais restrictive, me réjouit. Elle ne réduit pas les appétits, mais leur ouvre l'horizon, les dégage des intérêts mesquins.

J'ai vécu le désir comme un manque. Je caricaturais Platon, qui rapporte dans son *Banquet* que nous recherchons toujours ce qui fait défaut[2]. Je voulais les livres que je n'avais pas, les compétences dont je me croyais

---

1. Id., *Traité de la réforme de l'entendement*, *op. cit.*, § 3.
2. Platon, *Le Banquet*, *op. cit.*, 203*e-c*.

dépourvu. À mes yeux, accomplir un souhait consistait à apaiser une tension, à mettre un terme à une privation. À l'inverse, vous m'apprenez que le désir ne procède pas nécessairement du manque. Bien au contraire, il constitue l'essence de l'homme[1]. Il est l'effort pour persévérer dans l'être, votre *conatus*[2].

Grâce à vous, je pressens qu'un désir vrai nous porte vers la béatitude. Telle est l'aspiration fondamentale de la vie. Épanouir son être, ce n'est pas dominer et exercer un pouvoir despotique sur ses penchants, mais bien plutôt déployer les ressources intérieures. Quand celles-ci grandissent, c'est la joie; lorsqu'elles s'amenuisent, nous voilà dans la tristesse. L'amour aussi ne participe pas fatalement du manque : «L'Amour n'est rien d'autre qu'une Joie accompagnée de l'idée d'une cause extérieure[3]...» Et je le sens bien, car, en chérissant ma fille, je me réjouis que cet être existe.

J'ai pensé à vous lorsque, hier soir, je tenais ma fille dans mes bras. Nous nous amusions. Vingt et une heures sonnaient et j'hésitais à la mettre au lit. Je souhaitais ardemment poursuivre nos jeux. Comment savoir ce que me conseillait véritablement mon amour pour elle ? Quelle attitude favorise réellement une joie libre ? J'hésite souvent, car trop d'erreurs ont été commises sous le prétexte que *c'était pour ton bien*.

Après délibérations, j'ai décidé qu'un juste désir me demandait de cesser de jeter les coussins, de sauter sur le matelas, de hurler de joie. Je l'ai mise au lit et, à grand renfort de sanglots, elle m'a signifié son courroux. Œuvrer à l'accroissement de l'autre ou de soi revient parfois à s'opposer à ses envies.

---

1. Baruch de Spinoza, *Éthique*, *op. cit.*, III, définitions générales des affects.

2. *Ibid.*, III, propositions 6 et 7.

3. *Ibid.*, III, proposition 13, scolie.

Il m'est à présent savoureux de repérer les fantaisies qui m'aliènent et m'asservissent pour puiser en moi ce qui m'approche et me maintient indubitablement dans l'utile propre, le bien véritable. Mais, là aussi, il sied de creuser pour ne pas rester en surface. Sans cesse, il me faut revisiter mes rêves, prendre conscience de ce qui se cache derrière les ambitions, les aspirations, nos appétits.

Columbo, ou la liberté sous surveillance

En vous lisant, j'ai également essayé de convertir ma vision de la liberté. Auparavant, je la considérais comme une simple absence de contraintes. Je me croyais libre lorsque je pouvais parvenir à mes fins sans entraves. Je l'associais à la spontanéité, à l'ivresse de celui qui fait ce qui lui plaît quand bon lui semble. C'est devant mon poste de télévision que s'est accomplie cette petite révélation.

J'aurais peine à éprouver un plaisir plus vif que celui que je savoure devant la série du lieutenant Columbo. L'officier de la brigade criminelle de Los Angeles, en disséquant les crimes perpétrés à Beverley Hill et ses environs, m'offre une *catharsis* qui m'emplit d'allégresse. Paisiblement, je découvre les prouesses de l'intelligence humaine mise au service de l'ambition, de la jalousie, de l'avarice, du pouvoir ou de la vengeance. Mais Peter Falk m'a surtout fourni l'occasion d'expérimenter la servitude que j'ai cru repérer en vous lisant. Bref, tandis que je goûtais un épisode, sans doute *Adorable, mais mortelle*, ou *Fumer tue*, votre démystification du libre arbitre m'est apparue avec une lumineuse clarté. Alors que je traquais avec l'homme à l'imper un servile criminel, j'ai senti monter en moi l'envie de dévorer une glace aux noix. J'ai aussitôt braqué ma télécommande vers le poste et j'ai pressé le bouton « pause ». Après avoir ouvert le réfrigérateur, j'ai déballé frénétiquement l'objet convoité. Avec la friandise, j'ai alors savouré la chance de pouvoir librement accéder à ce plaisir. À la fin du film, l'estomac un peu chargé, j'ai rembobiné la cassette. Puis, lorsque j'ai vérifié si j'étais revenu au début, l'écran m'a littéralement mitraillé une publicité pour feu la glace aux noix. Je ne me souvenais pas de l'avoir vue. Je ne pourrais trouver une meilleure illustration de votre propos : « Les hommes se croient libres par cela seul qu'ils sont conscients de leurs actions mais qu'ils ignorent les causes qui les déterminent[1]. »

Je suis alors parti à la découverte des automatismes, des habitudes, pour essayer d'être à l'origine de mes actions. Sans me condamner, ni me juger, j'ai retiré de votre éthique le souhait de m'affranchir de l'anarchie des affects et de laisser la raison éclairer mon désir. On ne naît pas libre, on le devient. Et se libérer procède d'un acte généreux, simple et exigeant. Sans rien nier, je peux, de proche en proche, m'émanciper pour cesser d'être l'esclave résigné des circonstances, le jouet de mes passions. J'ai compris l'origine de mon asservissement : je me connais mal, je désire mal. Loin de m'automutiler d'un vouloir qui m'aliène, je souhaite œuvrer à la réappropriation de moi. Sous mes obsessions, mes craintes, mon besoin de reconnaissance, ma soif de sécurité, sous mes complexes, mes manques, se trouve la béatitude, cette autonomie de l'âme, cet état d'esprit, cette transparence à soi.

Si mes appétits sont effectivement déterminés par des causes ignorées, je peux, néanmoins, diminuer par degrés cet aveuglement. Il est périlleux de poursuivre des buts imaginaires, de se fuir dans de vains projets. Et nos rêves, nos ambitions risquent de nous trahir. Il

---

1. *Ibid.*, III, proposition 2, scolie.

sied de dissoudre ce qui n'est pas moi et d'intérioriser le désir pour qu'il reste fidèle au meilleur de mon être. Pourquoi ai-je espéré plaire ? Pourquoi me suis-je élancé dans la quête d'une perfection illusoire ? D'où me vient cette passion pour la philosophie ? Nous n'entrons dans la liberté qu'en distinguant les aspirations qui élargissent notre existence des attentes qui nous asservissent.

Mais être libre, ce n'est pas simplement avoir le choix. Un désir vrai, un authentique amour peuvent s'imposer à nous. Ainsi, je ne saurais fournir les raisons qui m'inclinent à chérir mes enfants et ma femme. Cet amour relève de l'évidence et je ne puis le réduire à une explication extérieure à moi. D'où ma gêne. D'où ma liberté. Je n'ai pas choisi d'aimer mes proches. Pourtant, je crois que cet attachement me libère. En revanche, combien de passions, d'objectifs, de rôles, d'activités me sont dictés par une causalité externe ? Je désire alors par imitation. Je lis tel ouvrage pour en tirer prestige. Afin de purifier mes ambitions et de ne plus me mentir, je souhaite réenvisager le regard que l'on porte sur soi.

Contre la haine de soi

Souvent, je vous l'ai dit, je me compare aux autres et, ne tolérant aucune faille, me traite sévèrement. Avec l'œil du lynx, je repère la moindre imperfection. J'examine tout avec une écrasante rigueur et ne me fais aucun cadeau. Nul droit à l'erreur, à la rechute. Comment celui qui sans cesse se déconsidère pourrait-il goûter la satisfaction et vivre mieux le désir ? Pour déployer la force qui réduit la tyrannie des appétits, il convient de se réjouir de son être, de l'aimer : « Personne n'éprouve la joie de la béatitude parce qu'il réprime ses affects, mais au contraire le pouvoir de réprimer les désirs provient de la béatitude même[1]. » Je veux donc adhérer à mes faiblesses sans les juger ni les nier.

Parfois, une espèce de peur m'enjoint, pour ne pas susciter la pitié, de jouer la *comédie du bonheur*. Je m'en suis un peu départi lorsque, un jour, une personne handicapée m'a annoncé qu'«être infirme, ça use». Le lendemain, je me trouvais dans un palace où les organisateurs d'une conférence m'avaient logé. Incrédule, j'arpentais la salle de bains et m'observais dans le miroir au cadre plaqué or. Soudain a surgi une voix que j'avais réprimée jusqu'alors : «C'est dur d'être handicapé.» À cet instant précis, je crois avoir connu une joie inconditionnelle. Je pressentais que je pouvais rester joyeux avec la difficulté. Je goûtais une allégresse qui ne s'opposait plus à l'adversité, ce n'était pas du plaqué or, ni du vernis, mais un réel abandon. Je ne jouais plus.

Je ne juge pas la logique de compensation qui opère en moi. J'essaie simplement de lui donner une moindre place. À la publication de mon premier livre, un sociologue avait affirmé qu'il fallait être drôlement complexé pour écrire cet ouvrage. Jadis, j'éprouvai beaucoup de mal à essuyer l'insulte. Assurément, on me réduisait. À présent, me croirez-vous, je répondrais : «Oui, sans doute, j'ai des complexes.» Et je m'applique avec plaisir à ne plus être complexé de mes complexes. Apparaît tout de même une première difficulté. Comment aller plus loin ? Comment envisager lucidement notre personne ?

Pour vous, cher Spinoza, le mépris de soi consiste à avoir de soi-même une moins bonne opinion qu'il n'est juste[2]. Tant que nous nous déprécions, nous nous *flinguons*. À l'inverse, qui flirte avec la mégalomanie encourt de grands risques. Dans les deux cas, c'est la

---

1. *Ibid.*, V, proposition 42, démonstration.
2. *Ibid.*, III, XXIX.

même impuissance triste qui nous aveugle. Pour ne pas accroître les mensonges que je cultive à mon égard, j'ai donc accepté d'être ébranlé. Lorsque nous commençons à perdre nos illusions, quand nous nous départons des images forgées par l'imagination, le retour sur terre s'avère effectivement douloureux…

Grâce à vous, j'ai d'abord évacué la honte, la culpabilité de me voir tiraillé par d'obscurs sentiments. Un amour bienveillant de soi ne saurait coexister avec une condamnation haineuse de ses faiblesses. Si je vous suis bien, l'envie, la haine et le désir sexuel sont naturels[1], il n'y a pas de honte à les ressentir. Me voilà à présent rassuré ! Vous me rappelez que l'homme qui aspire à la liberté reste un être de chair. En repérant le danger d'une ascèse qui incline au mépris de soi, à une malheureuse renonciation, je chasse l'abattement et goûte au plaisir qui épanouit. « Il appartient à l'homme sage d'user des choses, d'y prendre plaisir autant qu'il est possible (non certes jusqu'à la nausée, ce qui n'est plus prendre plaisir). Il appartient à l'homme sage, dis-je, d'utiliser, pour la réparation de ses forces et pour sa récréation, des aliments et des boissons agréables en quantité mesurée, mais aussi les parfums, l'agrément des plantes vives, la parure, la musique, le sport, le théâtre et tous les biens de ce genre dont chacun peut user sans aucun dommage pour l'autre[2]. »

Rechutes libres…

Pour progresser[3], il convient de croire en sa valeur et à la possibilité du progrès. J'ai trop souvent jugé celui

---

1. *Ibid.*, III, préface.
2. *Ibid.*, IV, proposition 45, scolie du corollaire II.
3. *Ibid.*, III, définition XXVIII, explication.

qui baisse les bras et se résigne à la douleur. Son attitude ne comporte rien d'immoral, ni de honteux. Et nous ne saurions blâmer un homme pour ce qui ne dépend pas de lui. S'il n'entrevoit pas la perspective d'aller mieux, comment trouverait-il l'audace de sortir de la souffrance et de s'orienter vers une plus grande perfection ? Sans accuser, je souhaite avec conviction me délester petit à petit des tristes passions. Vous, le *déterministe*, vous me donnez le courage de m'ouvrir à semblable libération. Finement, vous me faites éviter deux extrêmes : tout vouloir changer et accepter béatement les maux qui me rongent. Peu à peu, je prends confiance en mon progrès et c'est lui qui m'apporte la force de quitter par étapes mes esclavages.

Souvent, je m'accable d'avoir failli, de n'être point parvenu à mes fins. Et le regret, que vous assimilez à une tristesse[1], les remords et la déception viennent mutiler ma confiance. À l'inverse, je pressens que chaque rechute pourrait fournir une lumineuse occasion de m'ouvrir davantage. C'est pourquoi j'ai à cœur de puiser dans les progrès qui s'annoncent une fermeté pour congédier la résignation et refuser de me laisser aigrir par l'échec. C'est la joie qui prime si nous savons nous apprécier autant qu'il est juste. Oui, j'accuse des faiblesses, je me suis égaré, mais prévalent en moi les ressources que j'apprends à découvrir, le désir de m'avancer vers la véritable allégresse.

Repérer et assumer avec bienveillance les paradoxes qui résident en soi ne suffit pas. Chaque jour, il sied de se reconsidérer, de replonger en soi, de s'y retirer quelque peu. Rien n'est figé, fixe. La réalité que j'observe évolue, je crois la connaître, mais voici qu'elle se dérobe et je m'apparais diversement. Je voudrais m'accrocher à quelques repères, m'installer dans de bonnes dispositions

---

1. *Ibid.*, III, définition XXXII, explication.

acquises pour toujours. Eh bien, je composerai avec ma constante transformation. Si rien ne saurait être définitif, mes égarements, mes tourments, mes erreurs passeront aussi. Et s'ils doivent demeurer, je les accepterai.

Avec vous, je préfère plutôt parler d'erreur que de faute. Celle-ci renvoie à la culpabilité, celle-là convie au progrès. Mais comment s'envisager véritablement ? Et peut-on cesser de se leurrer ? Assurément, se libérer de l'illusion, c'est prendre le risque de s'orienter vers la vérité. Néanmoins, je m'interroge si nous pouvons l'atteindre jamais. Essayerai-je déjà d'y voir plus clair ? Je suis vrai lorsque j'énonce une proposition qui correspond à un fait. Je songe au fameux exemple de Tarski[1] : l'expression «la neige est blanche» est véridique si et seulement si la neige est *effectivement* blanche. Il s'agit de rien de moins que de la vieille conception de l'adéquation entre nos affirmations et le monde. Bien que vous ne partagiez pas cette théorie, la neige de Tarski m'aide à vous suivre. Je comprends que me connaître, c'est sans cesse m'ajuster, chercher à épouser la réalité qui me constitue. Je me lève le matin et tâche de ne plus me mentir. Toutefois, en tentant d'être vrai, je m'égare sans doute. De même que rien n'est plus triste qu'un individu qui *essaie* d'être drôle, rien n'est plus faux qu'une vérité fabriquée.

Sans effort

«Désormais, je n'aurai plus d'ambition», «Je veux devenir humble», «Sois authentique ! »… Pourquoi toujours associer la libération de soi, la spiritualité à des impératifs ? D'autant que ceux-ci sont souvent imposés

---

1. Alfred Tarski, *Le Concept de vérité dans les langages formels*.

par l'extérieur. J'aspire à la sagesse pour réussir, récolter quelques louanges. Je m'adonne à la philosophie pour moins souffrir, me protéger et devenir *stoïque*. Établir un sain rapport à soi par amour, non par contrainte, voilà ma nouvelle aspiration. À mes yeux, la véritable connaissance de soi se rapproche d'une forme de simplicité, d'une naïveté peut-être. Il s'agit avant tout de garder intactes une innocence, une transparence, de prendre conscience de ses forces et, sans se comparer, de composer avec elles. L'esprit de *simplicité* chemine sans bagages et se déleste naturellement. La parade, les rôles, les masques le quittent sans effort. Il n'y a plus rien à prouver.

La simplicité peut aussi régner dans mes relations avec l'autre. Trop souvent, me croyant obligé d'être utile à mes semblables, j'agis par devoir. Il y a peu, je recevais dans ma boîte aux lettres le courrier d'une lectrice qui me demandait ce que je faisais pour aider les personnes handicapées. Ces quelques lignes m'ont accablé. Puis s'est levée en moi une paix : « Pourquoi aurais-je une dette ? » Je comprends que si je souhaite apporter mon soutien, ce n'est pas par devoir, ni par pitié, mais par amour.

Pas de pitié

La tentation est grande de multiplier les prouesses pour afficher une générosité d'apparat. Le véritable amour, je le devine, ne réclame rien. Il savoure la joie dans l'acte même de donner. Si je désire offrir mon soutien aux personnes qui souffrent, ce n'est certes pas pour renvoyer l'ascenseur, mais bel et bien parce que je m'accomplis dans ce geste. Souvent, *rendre service*, c'est posséder, exercer un pouvoir, obtenir une créance du style : « Après tout ce que j'ai fait pour toi ! » Aimer librement, c'est se réjouir : « L'Amour est une Joie qu'accompagne l'idée d'une cause extérieure[1]. »

Dans mon désir de laisser s'épanouir l'amour que je me porte et celui qui m'unit aux hommes et aux femmes, je souhaiterais que la compassion occupe une place essentielle. Enfant, j'éprouvais un malaise face à l'apitoiement. Je décelais en lui le faux, le grossier. Il me semble aujourd'hui que ce qui prévaut dans la pitié, c'est la tristesse. « Tu me fais pitié » s'apparente, en effet, à l'insulte. La compassion[2], comme je la comprends, place, au contraire, l'estime, l'amour de l'autre en premier. Je me réjouis de sa présence, je suis heureux qu'il existe. Le voir traverser une épreuve m'attriste profondément, certes. Cependant, ce sentiment demeure marginal.

Hier, tandis que, devant les nouvelles, je savourais un yoghourt, bien malgré moi la misère des pauvres du Darfour m'a plongé dans un grand abattement. Puis je me suis interrogé : « Est-ce que tu l'aimes vraiment, l'enfant qui te fait de la peine ? » Cher Spinoza, j'éprouve du chagrin de le voir mourir de faim. Pourtant, je ne peux pas dire que je l'aime sincèrement. Je souhaite élargir mon désir, le libérer de la pitié pour m'ouvrir à une véritable compassion, celle qui regarde en face, d'égal à égal. Au contraire, l'homme qui n'est mû que par la pitié abaisse son regard. Comme l'observe un proverbe africain, la main qui donne est toujours plus haute que celle qui reçoit. Et l'humiliation n'est pas loin. « Qu'est-ce que je peux faire ici et maintenant pour mieux aimer l'homme, sans distinction, qu'il soit africain, lointain ou proche ? » :

---

1. Baruch de Spinoza, *Éthique*, *op. cit.*, III, définition VI.
2. Je me réfère à votre distinction entre la commisération et la miséricorde, *ibid.*, III, définitions XVIII et XXIV des affects, bien que vous ne sembliez pas accentuer la différence entre les deux termes, sinon que la commisération est un affect singulier et la miséricorde une disposition habituelle.

voilà une question concrète et simple. Alors que mon voisin de palier a peut-être besoin de mon soutien, tandis qu'efficacement je pourrais l'aider, vainement je me complais dans un sentiment d'impuissance.

Guerre civile

En évacuant les regrets, les remords et une singulière culpabilité, j'apprends, peu à peu, à ne pas ajouter de *la tristesse à la tristesse* et je me garde de redoubler les sentiments : j'essaie donc de ne plus me chagriner de mes chagrins. Je ne laisse pas ma colère me courroucer et tente d'accueillir sans peur mon angoisse. Car, à force de refuser mes tiraillements, j'ai suscité en moi d'impétueuses guerres civiles.

Pour me pacifier, je me livre à la confession. Si Épicure recommandait à ses disciples de s'ouvrir en public, je préfère la solitude pour laisser s'éclaircir en moi les paradoxes, les conflits et les contradictions. Je me mets à nu devant mon regard pour prendre acte de mes erreurs sans les nier. L'exercice pourrait être doux et apaisant si un sentiment de culpabilité n'entravait pas ma bienveillance. Sans m'attarder sur les faux pas, je parviens à considérer avec profit les indélicatesses, les maladresses, les errances. Bref, pour que mon esprit si prompt à mystifier ne cesse d'exagérer la réalité, je contemple lucidement ce que je suis.

Diogène contre le remords

Pour ne pas sombrer dans la culpabilité, je médite aussi l'exemple de Diogène le Cynique. Diogène Laërce rapporte que les mauvaises langues prétendaient que

Diogène, comme son père, avait été faussaire[1]. Un jour, on lui en fit grief, et la réponse du *coupable* fut géniale : «C'est tout à fait exact. Il est vrai aussi que, quand j'étais beaucoup plus jeune, je pissais au lit et ça ne m'arrive plus.» Aucun remords ne ronge le philosophe. Il assume son passé, ses égarements, sans s'y réduire. Ne se laissant pas démonter par la critique, il ne cherche même pas à se justifier. J'aime sa liberté, car il ne se fuit pas et, au nom d'une cohérence à soi, affirme pleinement sa responsabilité.

Puisque je mentionne l'exemple de Diogène, j'ai à cœur d'évoquer ses condisciples qui, comme vous, m'aident à vivre plus librement le plaisir. L'expérience de la sexualité peut constituer un endroit privilégié pour la honte et les scrupules. Avec eux, j'envisage moins durement la sensualité, tour à tour tyrannique et apaisante. Certes, les cyniques donnent toujours le ton très haut, non pour que nous les imitions, mais pour susciter l'interrogation : Diogène se masturbait au grand jour pour démontrer que ni la sexualité ni les plaisirs légitimes ne sont à blâmer. Dans le même registre, Hipparchia de Maronée jette aussi le masque en forniquant en public avec son philosophe de mari, Cratès de Thèbes. Par leur *pratique*, les amants nous convient à nous réconcilier avec nous-mêmes, car le malheur veut que l'homme condamne aisément les sollicitations du corps qu'il ne sait apaiser.

Bourreau de soi

Cher Maître, si vous me réconciliez avec le désir en l'élargissant, si vous réhabilitez le corps, votre appel

---

1. Diogène Laërce, *Vies et doctrines des philosophes illustres*, *op. cit.*, livre VI.

va plus loin. Je pense à vous lorsque je vois fleurir maints cours, maints séminaires sur l'estime de soi, sur l'affirmation de la personnalité. Si un individu résigné ne peut progresser, une personne qui se complaît en elle et n'obéit qu'à ses caprices devient aussi son propre bourreau. Grâce à vous, je distingue ce nouveau danger : « L'homme qui est conduit par la Raison est plus libre dans la Cité où il vit selon le décret commun, que dans la solitude où il n'obéit qu'à lui-même[1]. »

L'amour vrai de son être dissout un moi de surface composé de pulsions, d'automatismes, de caprices... Et un ardent désir de liberté peut nous diriger vers un soi plus profond. Comme je vous l'ai rapporté, souvent je me suis fixé des objectifs qui m'ont éloigné de l'utile propre, du bien véritable. Pour vous, le bien, c'est ce que nous savons avec certitude nous être utile[2], ce qui, en accomplissant notre perfection, notre puissance d'exister, accroît notre joie. Sur ce point, je vous ai mieux compris lorsque j'hésitais à contracter une grippe providentielle pour éviter le dentiste. Naïvement, je me suis estimé libre en ajournant ma rencontre avec la seringue, la fraise et l'aspirateur à salive. J'ai annulé le rendez-vous. Mais ma décision constitue un *auto-goal* : en pensant échapper à un mal, je me fais vraiment du tort. Je veux me départir d'une impulsion qui ne recherche que la satisfaction immédiate aux dépens de notre intérêt fondamental, notre désir de la félicité.

Si personne ne souhaite être malheureux, parfois nous oublions ou trahissons notre désir de félicité. Connaître cette réalité, je le comprends, n'a pas grand effet sur les affects[3]. J'ai beau savoir que l'extraction d'une dent

---

1. Baruch de Spinoza, *Éthique*, *op. cit.*, IV, proposition 73.
2. *Ibid.*, IV, définition I.
3. *Ibid.*, IV, proposition 7.

représente un bien pour moi, cela ne me précipite pas chez le dentiste. Si je vous suis, nous devenons libres, non pas en réprimant nos envies contradictoires, mais en consolidant notre aspiration à la joie véritable[1]. C'est peut-être elle qui me conduira chez le dentiste.

En définitive, est libre celui qui, guidé par la raison, place en lui les motifs de ses actions. Souvent, j'agis pour compenser un complexe, ou ressembler à l'autre… Un appétit se lève-t-il en moi ? Je me hâte de le satisfaire, sans m'interroger s'il m'appartient ou si je suis son esclave. Sans complaisance, je bâtis pour l'heure une fragile autonomie qui exige le meilleur de soi. Et je vous sais gré, sur ce chemin, de me délivrer de la haine de soi et de l'illusion volontariste. Vous assurez qu'une volonté absolue et toute-puissante n'existe pas[2]. Je comprends que c'est en déployant mes désirs profonds et non en les réprimant que j'atteindrai la béatitude[3]. Mais gardons-nous de toujours attendre, espérer autre chose, car, en adhérant à notre être, en accomplissant notre aspiration véritable, nous pouvons d'abord abandonner les obstacles qui s'opposent au joyeux exercice de notre amour.

Du fond du cœur, merci.

Toujours vôtre,

A. J.

---

1. *Ibid.*, V, proposition 42.
2. *Ibid.*, II, proposition 48.
3. Je m'inspire encore de la proposition 42 de la partie V de votre *Éthique*.

À Dame Philosophie

Ma tendre amie,

Notre parcours m'allège de redoutables ambitions et me remplit de gratitude: contre mes attentes, je commence à suspendre ma recherche de paix inconditionnelle.

Chemin faisant, je me rends compte que je me suis piqué de chimères: *sagesse, ataraxie, félicité...* Il se pourrait même que tout cela ne reste que des êtres de raison, une vue de mon esprit. Et alors? Ma quête cache peut-être aussi une tentative déguisée de nier, de refuser ce monde. Après tout, l'illusion que le bonheur sera pour bientôt peut consoler des maux présents...

Étonnements philosophiques

Dois-je sobrement m'abandonner à la vie telle qu'elle se présente et simplement m'ouvrir à elle? Si je ne me trompe pas, tel était ton dessein lorsque tu t'es approchée. D'ailleurs, tu ne m'as rien promis. C'est moi qui t'ai investie d'une impossible mission. Te souviens-tu de notre première rencontre? Quand le professeur m'a annoncé: «Tu es philosophe, toi», je n'ai rien compris et, perplexe, me suis contenté de dire: «Peut-être.»

161

J'ignorais tout de toi jusqu'à l'instant où j'ai accompagné une amie dans une librairie. Alors, je méprisais les livres, croyant qu'ils demeuraient l'apanage des savants, des érudits, d'une élite. J'étais dans le magasin pour l'amie non pour les œuvres. Je ne soupçonnais pas ce qu'elles pouvaient me confier. Tandis que la jeune fille feuilletait un ouvrage, désœuvré, j'ai arpenté les rayons où trônaient de reluisants volumes. C'est là que j'ai aperçu le mot PHILOSOPHIE, écrit en majuscules. Mon regard s'est attardé sur les noms de futurs compagnons. Et, petit à petit, je me suis engagé dans un univers peuplé par des Alain, Aristote, Augustin, Bergson, Camus, Chamfort, Descartes… La liste immense des inconnus se prolongeait : Diderot, Épictète, Hume, Heidegger, Jonas, Jankélévitch. Puis mes yeux ont buté sur Kierkegaard et, plus tard encore, sur Wittgenstein.

J'ai extrait un gros dictionnaire. Sur le papier bible, on *expliquait* Platon en quelques pages. Après m'être assuré que la demoiselle restait abîmée dans sa lecture, j'ai repris la mienne pour découvrir qu'un certain Socrate enjoignait de *se connaître soi-même*. C'est une phrase sobre, presque banale, qui a inauguré ma conversion. Soudain, j'ai deviné la douloureuse inanité de mon projet : ressembler aux autres, les *normaux*… Pire ou mieux, l'ancien Grec me conviait à m'attacher à devenir meilleur !

Au milieu des livres, je me suis inventé une *curieuse* vocation et je t'ai aussitôt portée dans mon cœur. Je suis sorti de la librairie avec un petit ouvrage qui m'a longtemps accompagné : *L'Étonnement philosophique*[1]. En mettant un terme à ma dispersion, je me suis assigné un but. Dès lors, nuit et jour, je t'ai sollicitée pour comprendre et assumer ma condition. Pour ne plus te quitter,

---

1. Jeanne Hersch, *L'Étonnement philosophique*, Gallimard, coll. «Folio Essais», 1981.

j'ai même, quelque temps, simulé la maladie à seule fin d'éviter l'école. La passion rendrait-elle aveugle ? J'ai alors lu et relu les œuvres de tes adeptes pour y glaner des remèdes et refuser d'accepter servilement mon sort.

Je n'aime guère le mot. Car il me rappelle qu'avant ta venue je m'étais installé dans une sorte de résignation. Aujourd'hui, je suis aussi contraint de réviser ma façon d'accepter. L'acceptation est bien plus audacieuse que je ne me le figurais. C'est grâce à Etty Hillesum que, doucement, je peux me disposer à cette forme de l'abandon.

À toi, ma gratitude.

A. J.

À Etty Hillesum

Chère Etty,

Depuis que j'ai lu ton journal, mon existence s'élargit. Tu livres une peinture de l'homme sans concession ni jugement là où j'attendais tristesse, révolte et pathos. Aussi, abasourdi, j'ai souhaité te suivre dans le voyage intérieur qui s'achève le 30 novembre 1943 à Auschwitz.

Ton journal m'est d'abord tombé des mains. Je me suis surtout méfié de ce chiropsychologue que tu nommes S. et t'ai blâmée de subir son influence. Par trois fois, j'ai renoncé à te lire. Voilà quelques semaines, je recevais dans ma boîte aux lettres *Une vie bouleversée*, enregistrée par la Bibliothèque sonore romande. J'ai décidé de renouveler l'aventure pour me heurter au même constat : les soixante premières pages m'ont rebuté. Pour entrer dans ton monde, il m'a fallu gravir une montagne. Mais l'allégresse qui succéda valait bien cet effort. Depuis l'ascension, je ne te quitte plus, car je m'y suis découvert. Tu as inauguré une conversion.

Les autres, aussi inconstants que moi

Oui, j'ose parler de conversion. Des barricades, des murs, voilà ce que j'ai cherché dans les remparts de la philosophie. À présent, je me tourne vers elle pour cueillir la vie et cesse d'esquiver à tout prix les inévitables revers de fortune. Aiguillonné par une étourdissante fièvre, je me suis aussi précipité vers l'autre pour qu'il me rassure et me soulage. Mais tu m'as révélé que mes semblables demeurent aussi inconstants que moi.

La défiance de moi-même, la paresse me contraignent ainsi à rechercher d'apaisantes réponses dans les livres, chez les autres. Je t'observe quand, dans l'épreuve, loin de fuir, tu t'agenouilles en toi-même et restes silencieuse pour que meure peu à peu l'agitation. Moi, je tente d'étouffer le cri de la souffrance dans le tumulte de la foule ou dans l'imitation de mes philosophes.

Ta désarmante lucidité me réjouit. Elle est humble et confirme que rien n'est jamais acquis. Parfois, nous croyons avoir franchi une étape et un détail vient démasquer notre fragilité. La philosophie s'y enracine, elle élit domicile dans l'inconstance du quotidien, au cœur même de notre singularité. De là le danger et l'impossibilité d'emprunter des recettes, des réponses. C'est pourquoi j'abhorre un certain *développement personnel* qui prétend *apprendre à vivre* en quelques leçons. Comment pouvons-nous penser qu'il suffit d'appliquer des schémas pour atteindre l'*épanouissement* ? Loin de tout prêt-à-penser, tu appelles une hardiesse bien plus avisée.

Les *choses de l'esprit* deviennent aussi une fuite quand l'aspiration à la sagesse diffère le moment de la félicité. Je me suis souvent figuré qu'en suivant à la lettre tel sage supposé j'atteindrais un jour le bonheur. En amassant des outils philosophiques, j'ai vainement espéré alléger le poids de l'existence. Pour l'heure, j'abandonne cette impossible exigence : je ne pourrai terrasser toute la souffrance. Heureusement, nous pouvons, dès maintenant, goûter à la joie, même si l'imagination, pour notre malheur, réclame une stabilité et un équilibre inaccessibles.

Tu as décapé en moi la sacro-sainte image du sage vierge et impeccable. Jamais tu ne sombres dans ce mensonge, jamais tu ne nies les combats intérieurs. J'ai admiré ta sincérité lorsque, avec simplicité, tu confesses avoir du mal à concilier la spiritualité avec ton bas-ventre. Oui, il nous faut cohabiter avec les fantômes qui peuplent notre être, accueillir la foule de personnages qui crient en nous. Rentrer en soi-même, c'est assurément prendre un risque et peut-être y faire de fâcheuses rencontres.

Quand mon impatience veut en finir avec les tracas quotidiens, je t'observe : un jour, te voilà libérée de la peur de la mort ; le lendemain, un regard un peu sombre te jette au fond du gouffre. Ainsi va la vie. Nous nous croyons parvenus au sommet, nous nous apprêtons à admirer la vue et déjà nous dégringolons. Pourquoi souhaiter nous enfermer dans un état ? L'homme change, il est libre, d'où sa grandeur, d'où, parfois, son malheur.

Pas de problème ?

Ce qui demeure sans solution ne constitue pas forcément un problème ! Or, une envie tenace de me débarrasser des difficultés m'installe dans une lutte harassante. Je voudrais poser les pieds sur une terre ferme, trouver des repères, alors qu'il s'agit d'abord d'accueillir les questions et les doutes. Si, avant de te découvrir, je l'ai haïe, je parviens peu à peu à aimer la patience. Elle ne devrait pas procéder de l'effort, mais d'une confiance. Nous ne devons pas nous l'imposer, mais la choisir. Patiemment, j'attends que jaillisse une réponse, pour que sous les peurs, l'esclavage, les entraves apparaisse une personne libre.

Peut-être s'agit-il déjà d'ouvrir les bras au mal-être et, sans se raidir, d'accueillir les heures tourmentées ? J'aime comme tu t'abandonnes en *t'octroyant des moments de dépression*[1]. Précisément, tu me montres que nous pouvons connaître le désespoir, la jalousie et rester libres. Rappelle-toi le parc public où tu souhaitais t'installer avec tes amis. Sur le grillage, tu as lu : « Parc interdit aux juifs[2]. » Ton esprit, à cent lieues de la révolte et du triste ressentiment, a osé une réponse, celle de la vie : « Il reste bien assez de place où vivre dans la joie ! »

Amor fati

Pourtant, ta simplicité me déroute. Inlassablement, tu nourris la conviction que la vie est belle. Un esprit désinvolte pourrait réduire ton attitude à de la naïveté. Cependant, avec une redoutable lucidité, tu conserves cette confiance dans le convoi qui t'amène à Auschwitz. À Westerbork, dans ce misérable camp de travail qui sent déjà la mort, au cœur des atrocités, tu tiens bon et préfères célébrer la vie que condamner les Allemands. En te lisant, j'ai songé à la parole de Nietzsche ; il ouvre le quatrième livre du *Gai Savoir* par le *Sanctus Januarius*. En ce janvier 1882, le penseur de *Zarathoustra*, dans l'abîme de sa solitude, s'adresse un souhait : « Je veux apprendre toujours plus, à voir dans la nécessité des choses le beau : je serai ainsi de ceux qui embellissent les choses. *Amor fati :* que ce soit dorénavant mon amour ! Je ne veux pas faire la guerre au laid. Je ne veux pas accuser, je ne veux

---

1. Etty Hillesum, *Une vie bouleversée*, Seuil, 1995, p. 70.
2. *Ibid.*, p. 112.

même pas accuser les accusateurs. Que *regarder ailleurs* soit mon unique négation ! Et somme toute, en grand : je veux même, en toute circonstance, n'être plus qu'un homme qui dit oui[1]. » Ton abandon, là où je m'y attendais le moins, te rapproche de Nietzsche.

S'abandonner, ce n'est pas se rendre. Sans jamais abdiquer, tu choisis de refuser la haine qui semblerait si naturelle devant tes tortionnaires. Quand les nazis te somment de langer des bébés avant qu'ils ne soient acheminés vers les camps d'extermination, tu pourrais juger l'existence impitoyable, désigner un bouc émissaire. Tu t'en abstiens avec force. À l'heure où tu vois les Allemands commettre l'horreur, tu t'indignes des cris qui blâment toute une nation, et résistes à la « haine collective ». Gage suprême de ta liberté, tu ne donnes pas raison à tes bourreaux en sombrant dans leur barbarie. À cent lieues du fatalisme, tu restes digne face à ceux qui veulent transformer l'homme en bête. « Je sais que dans un camp de travail, je mourrai en trois jours, je me coucherai pour mourir, et pourtant, je ne trouverai pas la vie injuste[2]. » Je devine avec toi qu'en méprisant l'autre c'est toujours la vie que nous haïssons.

Révolté par le moindre signe d'autoritarisme, j'ai cherché à comprendre d'où te venait cette fascinante liberté. Certes, tu cultives une foi absolue en un Dieu. Le tien ne réside pas dans les nuages, il habite le cœur des hommes et, sans accabler personne, il grandit qui l'accueille. Toutefois, avant d'être divine, ta sagesse est bien humaine. Tu as établi en toi le centre de gravité de ton existence. Le mien a trop souvent reposé sur le handicap ou l'adversité. Loin de les banaliser, je veux

---

1. Friedrich Nietzsche, *Le Gai Savoir*, Flammarion, coll. « GF », 1997, livre IV, § 276.

2. Etty Hillesum, *Une vie bouleversée*, *op. cit.*, p. 152.

désormais qu'ils occupent leur juste place. À force de lutter contre un problème, nous finissons par devenir *notre* problème. La peur et la lutte peuvent évincer les richesses intérieures.

Se détourner du malheur

Observer les péripéties de ma fille nourrit aussi cette intuition. Elle tombe, elle se cogne la tête, glisse, dégringole… Pour apaiser ses pleurs, je tâche alors d'orienter son attention sur une image, le paysage, ou je la fais rire. Bref, je tente de l'extraire de son mal. Parfois, un sourire succède aux sanglots. Comprends bien, il ne s'agit pas de fuir la souffrance. Oui, souvent, pour ne pas être éprouvés nous-mêmes, nous relativisons immédiatement la douleur : « Ce n'est pas grave ! », « Ça passera ! ». Détourner pour un temps la pensée du malheur, c'est reprendre des forces pour revisiter plus paisiblement ses peines.

Pour ne plus me braquer contre un problème, j'essaie de mieux user du temps en osant attendre qu'une solution se dégage. Mais j'avoue que je perds vite patience car je n'ai pas confiance. J'accumule les stratégies, j'élabore des plans comme s'il me fallait me préparer au pire. J'ai peur de subir une nouvelle épreuve. Avec toi, je cherche à me séparer de cette crispation et me risque à avancer avec les forces disponibles. Chaque jour, je reçois le nécessaire, ni plus, ni moins. Je ne peux faire des réserves.

J'ai peur et, comme toi, je m'interroge : « Serais-je capable de maintenir le cap dans les instants de douleur ? » J'en doute. Il ne me suffit pas de constater que j'ai survécu à l'épreuve pour conjecturer qu'il en sera de même à l'avenir. Je tremble qu'une peine m'anéantisse définitivement en épuisant des forces déjà mises à rude épreuve. Serait-ce que je n'ai accepté la vie qu'en surface ? M'aurais-tu débarrassé de l'illusion d'avoir assumé l'existence ?

Oui, je me cramponne à une illusion en voulant tout maîtriser. Or, s'abandonner, c'est prendre un risque, penser et vivre autrement. Loin de nous priver, il s'agit d'élargir le monde car, en le limitant à nos attentes, en recherchant un *bonheur sur mesure*, nous appauvrissons l'existence. Pour toi, la vie ne comporte pas un bon et un mauvais côté. Elle se livre tout entière. Je la refuse donc en prononçant mes jugements catégoriques : « Je veux être en paix », « Plus jamais ça », « Je serais malheureux si je perdais un proche », « La santé est une condition *sine qua non* du bonheur »… Somme toute, en ergotant sur le bonheur sans le vivre, je fais preuve d'un bien fâcheux dogmatisme. Mais tu viens nuancer mes décrets.

Nous voudrions isoler, découvrir les *causes* du bonheur pour en tirer une méthode efficace. Notre peur réclame une marche à suivre qu'il suffirait d'appliquer avec zèle. Non, il n'existe pas de recettes et tout reste à inventer. Devant ce vide, tu dégages une voie. Mieux, en m'apprenant que nous sommes de taille à assumer notre condition, tu me procures la force de l'ouvrir.

La lecture de Sénèque m'avait déjà appris à renoncer à placer le bonheur au-dehors. Comme beaucoup, il prétend que les revers de fortune n'affectent guère la paix du philosophe. Maladie, injure, insuccès, pertes ne troublent pas le sage, car sa félicité réside au-dedans, dans l'activité même de son âme, dans un état d'esprit, la fameuse *eudémonie*. Après avoir lu les *Lettres à Lucilius*, exalté, j'ai, sans tarder, convoqué ma femme pour lui annoncer haut et clair que mon bonheur ne dépendait pas d'elle. Je me trompais. Je l'ai compris : quand je suis parti en voyage, sur le pas de la porte, je lui ai rappelé combien elle allait me manquer. Elle m'a rétorqué : « Toi pas, car mon bonheur ne dépend pas de toi… » Même si mon interprétation du stoïcisme relevait de la caricature, je pense que nous pouvons effectivement cesser de toujours conditionner notre joie. Et tu m'indiques un chemin.

« J'aurai la force »

Tu réveilles la conviction que nous aurons la force de tout accepter. Plutôt que d'essayer d'écarter les dangers, ou de s'évertuer à réunir *d'artificielles et inutiles conditions au bonheur*, nous devons descendre en nous. Aux antipodes de la pensée positive pour laquelle *tout va bien aller*, tu assumes le tragique de l'existence. Et devant la barbarie nazie, une voix naît en toi, celle que tu as travaillée durant des années : « J'aurai la force. » Oui, nous pouvons bâtir cette confiance de nos propres mains pour l'enraciner en nous. Mais pourquoi attendre le malheur pour commencer à se détacher ?

Sans conteste, l'existence est rude et elle peut nous endurcir. Avec toi, je pressens que nous pouvons nous aguerrir sans nous éteindre. C'est précisément s'abandonner. Tu te confies à la vie, consciente que partout elle s'exprime, même dans l'Allemand qui te torture. N'offrant aucune prise au ressentiment, écartant toute possible compromission avec la cruauté, ton courage appelle à tout mettre en œuvre pour alléger le poids du mal, afin de ne pas se laisser inéluctablement aigrir par les inévitables déchirures. Je ne crois pas que l'abandon procède d'un acte définitif. Dire oui à la réalité relève d'une fragile confiance qui peut grandir en nous.

Bien que tu me réconcilies avec l'acceptation, je continuerai à blâmer les esprits lâches qui couvrent délibérément le pire avec leurs théories. « Que puis-je mettre en œuvre ? » : voilà l'interrogation qui s'élève lorsque je connais un coup dur. J'ai évoqué Nietzsche. Dans *Ainsi parlait Zarathoustra*[1], il dénonce les *professeurs de la résignation* et nous enjoint de nous en débarrasser allégrement. Je l'ai lu pour conjurer un possible découragement. Car c'est la lutte, et donc le refus, qui m'a libéré de certaines limites. Pour asseoir la persévérance et traverser l'épreuve, il faut aussi transcender le donné.

Consentir au réel, mais pas trop vite

L'acceptation, tu le montres, n'est pas une capitulation. C'est pourquoi j'aime tant le penseur de l'*éternel retour*, car il m'a suggéré l'audace de quitter les modèles pour m'inventer. Et je ne serais vraisemblablement pas là sans la saine contestation qu'il a révélée. En m'exhortant à rester fidèle à moi, il m'a propulsé, dans le même temps, vers le dépassement qui brise les déterminismes et nous arrache aux sombres prédictions. «Je suis Zarathoustra, l'impie: je fais bouillir dans *ma* marmite tout ce qui est hasard. Et ce n'est que lorsque le hasard est cuit à point que je lui souhaite la bienvenue pour en faire *ma* nourriture. En vérité, maint hasard s'est approché de moi en maître: mais *ma volonté* lui parlait d'une façon plus impérieuse encore, et aussitôt il se mettait à genoux devant moi en suppliant[2]...»

«Il faut assumer», «C'est ainsi», «La patience est la mère des vertus», «On ne peut pas avoir tout tout de suite», «Qui vivra verra»... Ces plates injonctions, en m'exhortant à prendre mon mal en patience, ont meurtri mes jeunes oreilles. Et cette attitude sans bonté a manqué de me rendre amer. J'ai haï le mot quand, à sept ans, alors

---

1. Friedrich Nietzsche, *Ainsi parlait Zarathoustra*, Robert Laffont, 1993, troisième partie, 3.
2. *Ibid.*

que je m'étais écorché les genoux, une éducatrice m'a déclaré: «Il faut assumer!» Plus que jamais, j'ai envié les enfants qui se consolaient de leurs blessures dans les bras d'une mère gardant un tendre silence. L'acceptation dégénère souvent en une sorte d'idéologie qui justifie passivité, reddition et indifférence.

Chère Etty, je me suis aussi méfié des stoïciens quand, après une lecture abusive, je n'y ai retenu qu'une invitation béate à accepter les lois du *cosmos*. Après tout, s'ils croient que l'univers est régi par le divin *logos*, il est normal de s'incliner devant les coups du sort. Dans ma hâte, j'ai oublié que maints stoïciens ont dénoncé l'esclavage et se sont battus pour la fraternité des hommes. Plus tard, Sénèque m'a prêté des armes en me montrant que, si la Fortune m'échappait, je pouvais activement tenter de maîtriser les opinions que je portais sur mes mésaventures. J'ai fini par admirer ces penseurs qui, lorsque la cité grecque partait en déliquescence, usaient de leur entendement comme d'un instrument libérateur pour tenir à bonne distance la peur et le trouble.

Toutefois, c'est toi qui m'as incité à chercher le délicat équilibre. Car un patient abandon ne s'apparente pas toujours à la vertu. Et si, dans le vocabulaire courant, le philosophe désigne l'individu qui supporte sereinement l'épreuve, je ne pense pas que nous devions tout admettre. M'attristent donc les maîtres du fatalisme qui célèbrent la soumission. Ils oublient que c'est en s'opposant au mal que nous pouvons grandir. Certes, il sied de consentir à la réalité, mais pas trop vite. Accepter, ce n'est assurément pas s'enfermer dans la misère, ni renoncer à espérer vivre un petit peu mieux. Nous devons, tout en l'assumant pleinement, refuser de nous installer dans la faiblesse.

Parfois, au contraire, quand je crois déceler dans l'acceptation un subtil moyen de fuir la souffrance, Nietzsche m'interpelle: serait-ce pour moi «la perte des pertes d'être privé de [ma] fine irritabilité, pour recevoir en place le dur épiderme des stoïciens, hérissé de piquants[1] » ?

Pour un stoïcisme impatient

Avec toi, j'ai à cœur de m'avancer sur un chemin inédit et je tente de concilier les extrêmes. Oserais-je dessiner un *stoïcisme impatient* ? Le *stoïcien de mes rêves* construit le futur en s'ajustant à ses réelles dispositions et s'abstient de jeter sur le monde le voile de la méfiance. Il ne brigue pas une confiance absolue et, se libérant d'une telle exigence, ouvre chaque jour son amour pour la vie. Avec virtuosité, cet homme ne se fige pas dans une posture choisie une fois pour toutes, mais s'adapte adroitement aux nécessités du quotidien. Bien qu'il se sache fragile, il renonce à prendre refuge dans une tranquillité conquise à bas prix. L'abandon, loin de le retrancher de la vie, loin de l'en prémunir, l'élargit.

Le *stoïcisme impatient* réclame une virtuosité qui tire profit des ressources que donne l'instant. Il ne cherche pas à devenir plus tranquille, mais plus vivant. Et s'il diminue nos attentes, c'est pour nous faire jouir davantage de l'existence. Dans la souffrance, sans s'endurcir, il entend le commandement de la vie : «Tout mettre en œuvre pour sauvegarder la joie et la partager.»

Si fuir à tout prix la douleur peut nous épuiser, le combat contre le mal élève l'homme. Chère Etty, je m'étais promis de ne pas m'attarder sur la souffrance. Plus que tout, je veux nourrir ma gratitude d'avoir le redoutable bonheur de vivre. Depuis la lecture de ton œuvre, ton nom sonne avec douceur et me rappelle la quête que tu as inaugurée.

---

1. Id., *Le Gai Savoir*, *op. cit.*, livre IV, § 306.

Je ne pourrais dire la richesse d'*Une vie bouleversée*. Tu achèves ton journal en confiant que tu souhaiterais être comme un baume versé sur tant de plaies. Tu dévoiles une manière de *penser* mes blessures. Et je devine la présence de ce baume dans le tréfonds de mon âme. Me risquerais-je à me hâter avec légèreté dans ce généreux périple qui élève et ouvre d'infinies possibilités ?

À toi,

A. J.

À Dame Philosophie

Ma bien-aimée,

Pourquoi la philosophie ne rend-elle pas sage ni tout à fait heureux ? En tout cas, pas moi. Sans doute ne me suis-je pas suffisamment abandonné à elle. Se pourrait-il que je ne te pratique qu'à moitié ?

Au fil des lettres, je m'aperçois qu'une logique de guerre, du combat, s'est viscéralement enracinée en moi. J'ai besoin d'adversité et peine encore à accueillir une existence libre d'ennemis. Quelque chose résiste : je me suis figuré que je goûterais, grâce à toi, la paix et, une fois les coups du sort derrière moi, que je n'aurais qu'à couler tranquillement des jours sans ombres. Or, la vie reste tragique et fragile. Et toutes les luttes, les efforts, ne sauraient écarter le mal, la mort, la peur, les blessures. Risquer une philosophie d'*après-guerre* exige de se dépouiller. Il sied au fond de désapprendre.

Lectures du monde

Je t'aime, *Philosophie*. En ta compagnie, j'ai pu trouver une place et oser la singularité. Les tiens, en me prêtant leurs doctrines et leurs préceptes, ont empêché les coups durs d'avoir raison de moi. Quand je t'ai rencontrée, tout était à créer. Et tu m'as soutenu pour que chaque instant m'enseigne. Te souviens-tu de ma passion lorsque tu m'as parlé de l'*algodicée*, la connaissance dans la souffrance ? En me présentant cet art de se construire envers et contre tout, tu m'as assurément livré une lecture inédite du monde : il s'agissait de tirer profit de chaque événement, de bâtir une sagesse fécondée par l'obstacle. Et je t'en remercie. Il est des moments où tout réclame cette posture qui essaie de résister et refuse de s'enfermer dans le mal-être.

Aujourd'hui, j'éprouve le besoin de la modérer. Comment faire meilleur usage de moi ? Une foule d'entraves brouille mon regard. De même que jadis tu plaçais *sous mes yeux* l'exemple de philosophes illustres, aide-moi à regarder plus librement !

D'abord, je veux abandonner cette illusoire tentative de tourner la page. Avec Boèce, je m'avise que je mourrai sans doute avec mes manques. Mais cela n'est peut-être pas un problème. Dans le même temps, je souhaite apprendre à composer avec l'instabilité. Une personnalité progresse, s'élargit, change. Rien n'est définitif. Et j'entends Montaigne : « Le monde n'est qu'une branloire pérenne : Toutes choses y branlent sans cesse, la terre, les rochers du Caucase, les pyramides d'Ægypte : et du branle public, et du leur[1]. »

Le regard coutumier de la *guerre* juge tout sur le mode de l'obstacle à franchir, du danger à éviter, de l'idéal à atteindre. N'est-il pas vain d'espérer le repos, de conquérir la paix ? Ici, le juste milieu est ardu à découvrir. Ma bien-aimée, jamais tu ne m'entendras condamner l'espérance qui nous porte vers le progrès. Il s'avère cependant délicat de ne conserver que celle qui nous grandit.

---

1. Michel de Montaigne, *Les Essais*, *op. cit.*, livre III, chap. 2.

Peut-être devrais-je plutôt parler de confiance. Il me plaît que celle-ci réclame virtuosité et abandon, un art de la précision qui se nourrit du réel et sait habilement remettre les échecs dans leur contexte. Voilà, jadis, j'ai échoué. D'accord, mais toute une constellation de causes explique ce revers. Alors que la peur généralise pour nous enfermer dans une loi, dans le rôle de victime, la confiance ouvre la vue.

Ma bonne amie, je mesure mon impuissance et vois très bien mes hésitations. Ces lettres m'ont véritablement *délivré* d'un espoir. Je le confesse : j'espérais en t'écrivant devenir meilleur, souffrir un peu moins. Il n'en est rien. Mais une parole me vient désormais à l'esprit : « D'accord. »

Dans ma hâte, je ne lui ai presque pas prêté attention. Mais ce petit mot est assurément plus solide que toutes mes théories.

Merci.

A. J.

Notices sur mes correspondants

Boèce (475/480-524): philosophe, logicien et théologien, né à Rome dans une famille aristocratique, il a traduit et commenté Aristote et Porphyre. C'est lui qui forma le terme «personne» pour désigner un individu rationnel. À côté de sa démarche intellectuelle, il fut le conseiller du roi ostrogoth Théodoric, qui gouverna l'Italie de 493 à 526. L'empereur, qui avait eu vent des mille talents du jeune homme, le nomma consul, puis *magister officiorum*, sorte de ministre de l'Intérieur. Accusé à tort de haute trahison, Boèce fut condamné à mort.

Son ouvrage le plus célèbre s'intitule *Consolation de la philosophie*. Dans sa prison, il imagine recevoir la visite de Dame Philosophie, qui vient lui rappeler les remèdes que les philosophes ont forgés. En empruntant des armes à la tradition, Boèce initie un dialogue intérieur. Des stoïciens, il apprend, entre autres, à circonscrire le bonheur à l'intérieur de ce qui dépend de nous et à discipliner son jugement. Avec les épicuriens, il partira à la traque des opinions vides et retiendra que le passé et ses joies constituent un palais dans lequel on peut se rasséréner…

*

181

ÉPICURE (341-270 av. J.-C.): fils d'un instituteur et d'une prêtresse itinérante, cet Athénien passa sa jeunesse à Samos et étudia à Téos, puis à Athènes. Revenu de voyage, il fonda, en 306, l'école du Jardin, où se rassemblait un groupe de disciples. Ils y menaient une existence où l'amitié et le culte du fondateur tenaient une place de choix. Jusqu'à la fin, le maître vécut paisiblement malgré une santé précaire qui lui occasionnait de grandes douleurs.

L'épicurisme se divise en trois parties: la canonique entend établir les critères (les canons) de la vérité pour évacuer les funestes erreurs; la physique se propose d'étudier la nature pour bannir la superstition et les craintes illégitimes; enfin, l'éthique explore les voies d'accès à la félicité.

Dans la *Lettre à Ménécée*, Épicure exhorte à nourrir une autarcie, une indépendance à l'endroit des choses extérieures. Philodème résume cette sobre sagesse par une formule, le *tetrapharmakos* ou quadruple remède: «Le Dieu n'est pas à craindre; la mort ne donne pas de souci; et tandis que le bien est facile à obtenir, le mal est facile à supporter.» Pour Épicure, l'univers est composé d'atomes et de vides. Aussi, la mort n'est rien d'autre que la dispersion des atomes qui, en se réunissant par hasard, ont formé notre corps et notre âme. L'homme n'est donc pas éternel et si les dieux existent, ceux-ci restent *sagement* dans les intermondes (espaces intercalaires entre des mondes) et demeurent parfaitement indifférents au sort des humains.

Pour chasser les tourments, il s'agit par conséquent de congédier l'illusion et de borner ses désirs aux plaisirs accessibles. À ce propos, l'école distingue les plaisirs naturels et nécessaires, comme ceux qu'offrent le boire et le manger (l'organisme ne peut survivre si l'individu ne satisfait pas ces besoins); les plaisirs naturels mais non nécessaires (c'est le cas des délices liés aux mets délicats et à la sexualité – nous pouvons, paraît-il, vivre sans eux !); enfin, les voluptés attachées à la gloire, aux honneurs et aux richesses ne constituent des plaisirs ni naturels ni nécessaires (l'ascèse épicurienne les bannit car, loin de nous rendre heureux, ils nous asservissent).

*

Arthur Schopenhauer (1788-1860): né à Dantzig, Schopenhauer est le fils d'un riche commerçant et d'une célèbre romancière, Johanna Henriette Trosiner. Avec sa famille, il découvre très jeune l'Europe. Le spectacle du monde l'incite à se consacrer à la philosophie. À son retour, il étudie la médecine à Göttingen et la philosophie à Berlin. Il est chargé de cours dans cette université, où Hegel lui fait de l'ombre. Grâce à sa mère, il rencontre Goethe et les frères Grimm. Quelques années avant sa mort, à Francfort, il connaît la gloire qu'il avait tant espérée.

Son œuvre majeure, *Le Monde comme volonté et comme représentation*, s'inspire de Platon, de Kant et des *Upanishad*.

Pour Schopenhauer, le monde n'est rien sans notre conscience et nous ne pouvons nous extraire de nos représentations. L'expérience de notre corps et de nos besoins révèle toutefois que la nature entière est le règne d'une Volonté aveugle. Chez l'homme, elle prend la forme du *vouloir-vivre*, sorte de pulsion inassouvie qui nous pousse à nous reproduire et nous traîne sans cesse du désir et, partant, du manque à l'ennui. La vie est donc souffrance.

Pour supporter cette *cosmologie de la volonté*, Schopenhauer dessine quelques voies : en premier lieu, l'art qui, en nous portant à contempler les formes de manière désintéressée, nous arrache à la tyrannie du vouloir et du temps pour nous sortir de notre individualité. Par la morale et l'ascèse, nous pouvons aussi renoncer au désir. Ainsi, la compassion, en nous libérant de nous-mêmes, rejette l'égoïsme qui est le durcissement du *vouloir-vivre*. Enfin, empruntant au vocabulaire chrétien, Schopenhauer propose sa vision de la sainteté, qui consiste à se fondre dans le monde en abolissant sa volonté.

*

Baruch de Spinoza (1632-1677) : né à Amsterdam, d'une famille juive d'origine marrane, Spinoza, promis au rabbinat, reçoit très jeune une solide formation. Le 27 juillet 1656, la synagogue d'Amsterdam prononce le *herem* qui l'excommunie. Il se réfugie alors à La Haye, puis à Leyde. À côté de son activité philosophique, il excellera dans le polissage de verres d'optique. Il vivra entouré de fidèles disciples.

Son ouvrage majeur reste l'*Éthique*. Spinoza procède comme un géomètre : il forme des axiomes, présente des définitions, des démonstrations... L'œuvre expose un itinéraire de libération qui entend, grâce à la raison, nous affranchir des passions tristes et nous conduire vers la béatitude qui est l'*amour intellectuel de Dieu*, à savoir la connaissance adéquate de la Nature. Celle-ci considère chaque chose comme l'expression de la nécessité divine. Dans l'*Éthique*, l'auteur plante d'abord le décor de son univers : Dieu est la Nature, il se déploie en attributs et modes infinis, mais notre esprit n'en perçoit que deux : la *pensée* et l'*étendue*. Dans son système déterministe où tout obéit à des causes, le contingent disparaît. Il n'est que le signe de notre ignorance. Pour libérer l'homme, dont l'essence est le désir, il s'agira d'acquérir une juste connaissance de nos affects.

*

ETTY HILLESUM (1914-1943): née à Middelburg, aux Pays-Bas, d'un père docteur en lettres classiques. Elle entame des études de droit et obtient sa maîtrise en 1939. Elle étudie aussi les langues slaves. D'origine juive, elle consigne dans son journal, publié sous le titre *Une vie bouleversée*, son itinéraire spirituel, qui s'achèvera le 30 novembre 1943 dans le camp de concentration d'Auschwitz.

Table

Du même auteur

Éloge de la faiblesse
Éditions du Cerf, 1999
Marabout, 2011
Ouvrage couronné par
l'Académie française

Le Métier d'homme
Seuil, 2002
repris sous le titre
Le Métier d'homme
suivi d'un entretien inédit avec Bernard Campan
« Points Essais » n° 705, 2013

Le Philosophe nu
Seuil, 2010
et « Points Essais » n° 730, 2014
Prix Pierre-Simon – Éthique et société
et prix Psychologies – Fnac

Petit Traité de l'abandon
Pensées pour accueillir la vie telle qu'elle se propose
Seuil, 2012

RÉALISATION : CURSIVES À PARIS
IMPRESSION : NORMANDIE ROTO IMPRESSION S.A.S. À LONRAI
DÉPÔT LÉGAL : NOVEMBRE 2011. N° 106470-4 (1400632)
Imprimé en France